El señor Nakano y las mujeres

Hiromi Kawakami (Tokio, 1958) inició su trayectoria literaria a mediados de los años noventa, tras haber estudiado ciencias naturales e impartido clases de biología. Así, con la publicación de su debut, *Kamisama*, en 1994, Kawakami se ha convertido en una de las autoras japonesas más populares del mundo. Admirada por público y crítica, ha recibido varios galardones, como el Premio Tanizaki (2001) o el Premio de Literatura de Asia (2012). Entre sus libros más destacados se cuentan *Abandonarse a la pasión* (1999), *Algo que brilla como el mar* (2003) y *El señor Nakano y las mujeres* (2005).

HIROMI KAWAKAMI

El señor Nakano y las mujeres

Traducción de
Marina Borna Montaña

DEBOLSILLO

Papel certificado por el Forest Stewardship Council®

MIXTO
Papel procedente de
fuentes responsables
FSC
www.fsc.org   FSC® C117695

Título original: *Furudogu Nakano shoten*

Primera edición en Debolsillo: septiembre de 2018

© 2005, Hiromi Kawakami
Todos los derechos reservados
© 2018, Penguin Random House Grupo Editorial, S. A. U.
Travessera de Gràcia, 47-49. 08021 Barcelona
© 2012, Marina Bornas Montaña, por la traducción, cedida por Quaderns Crema, S. A.

Printed in Spain — Impreso en España

ISBN: 978-84-663-4582-8 (vol. 1189/5)
Depósito legal: B-10.826-2018

Impreso en Novoprint
Sant Andreu de la Barca (Barcelona)

P 3 4 5 8 2 8

Penguin
Random House
Grupo Editorial

Un sobre cuadrado del número dos

«*Pues eso*» era el tic lingüístico del señor Nakano.

—*Pues eso*, pásame la salsa de soja —acababa de decirme. Yo no salía de mi asombro.

Ese día habíamos salido a almorzar los tres juntos. El señor Nakano había escogido cerdo frito con jengibre, Takeo había pedido pescado hervido y yo, arroz al curry. Enseguida trajeron el cerdo frito y el pescado. El señor Nakano y Takeo cogieron los palillos de usar y tirar que estaban en una cajita encima de la mesa, los separaron y empezaron a comer. Takeo me pidió disculpas en voz baja por no esperar a que trajeran mi plato, pero el señor Nakano se abalanzó sobre el suyo sin decir palabra.

Cuando al fin me trajeron el arroz al curry y yo acababa de coger la cuchara, el señor Nakano me pidió la salsa de soja utilizando la frase que he citado anteriormente.

—Ese «*pues eso*» no tiene mucho sentido, ¿no? —observé. El señor Nakano dejó su cuenco en la mesa.

—¿Yo he dicho eso?

—Sí, lo ha dicho —murmuró tímidamente Takeo.

—*Pues eso*.

—¡Acaba de decirlo otra vez!

—Vaya. —El señor Nakano se rascó la cabeza con un gesto exagerado—. Se ve que tengo un tic.

—Y un poco raro, por cierto.

Le pasé la salsa de soja. El señor Nakano aliñó sus dos rodajas de nabo en conserva y empezó a masticarlas ruidosamente.

—Lo que pasa es que mantengo conversaciones mentales conmigo mismo. Por ejemplo, A se convierte en B, que me lleva hasta C, y mi razonamiento sigue con D. Cuando llega el momento de expresar D en voz alta, me sale un *«pues eso»* sin querer, porque sigue el hilo de mis pensamientos.

—Claro —dijo Takeo, mientras mezclaba el jugo del pescado con el arroz que le había sobrado.

Takeo y yo trabajábamos para el señor Nakano. Hace veinticinco años abrió una tienda de objetos de segunda mano en un barrio periférico del oeste de Tokio poblado de estudiantes. Por lo visto, antes estaba contratado en una empresa mediana de productos de alimentación, pero pronto se cansó de trabajar en una oficina y la dejó. Era la época en que estaba de moda lanzarse a la aventura, aunque el señor Nakano no llevaba suficiente tiempo trabajando por cuenta ajena como para considerarlo una aventura. Sea como fuere, se sintió avergonzado de dejar el trabajo por puro aburrimiento. Me lo explicó un día en la tienda, pausadamente, aprovechando que en ese momento no había nadie.

«Esto no es un anticuario, sino una tienda de segunda mano», me advirtió el señor Nakano el día en que fui a hacer la entrevista de trabajo. En el escaparate había un cartel pegado al cristal y escrito con mala letra que rezaba: «Se buscan empleados. Entrevistas a todas horas». Sin embargo, cuando entré a preguntar, el dueño me dijo: «Te entrevistaré el primero de septiembre a las dos del mediodía. Sé puntual». Aquel hombre delgado, que tenía un extravagante aspecto con su bigote y su gorra de punto, era el señor Nakano.

La tienda del señor Nakano, que no era de antigüedades sino de objetos usados, estaba literalmente sepultada bajo una montaña de artículos de segunda mano. El interior del local estaba abarrotado de mesitas de té, vajillas y viejos ventiladores y aparatos de aire acondicionado, es decir, la clase de objetos normales y corrientes fabricados a partir de los años treinta que se podían encontrar en cualquier hogar japonés. Antes del mediodía, el señor Nakano subía la persiana y, con un cigarrillo entre los labios, sacaba los «artículos reclamo» a la calle, entre los que se contaban, por ejemplo, una especie de escudilla con un llamativo estampado, una lámpara de diseño, dos pisapapeles de imitación de ónice con forma de tortuga y de conejo o una antigua máquina de escribir. Los colocaba sobre un banco de madera delante de la tienda con el objetivo de atraer a la clientela. De vez en cuando, si por ejemplo la ceniza del cigarrillo caía sobre el pisapapeles en forma de tortuga, él lo limpiaba frotando enérgicamente con la punta del delantal negro que siempre llevaba puesto.

El señor Nakano solía estar en la tienda hasta primera hora de la tarde. Luego me dejaba sola atendiendo y salía con Takeo a hacer recogidas.

Tal y como su nombre indica, las recogidas consistían en pasar por las casas a recoger trastos usados. La mayoría de las veces, le llamaban desde casas cuyo propietario había fallecido y sus parientes necesitaban deshacerse de los muebles y utensilios del difunto. El señor Nakano recogía incluso los objetos y la ropa que ni siquiera los familiares podían aprovechar. Pagaba unos cuantos miles de yenes, 10.000 como máximo, y se lo llevaba todo en una pequeña camioneta. Como los clientes se quedaban los artículos de valor y le entregaban el resto, les resultaba mucho más beneficioso llamar al señor Nakano que avisar a los servicios de recogida municipales para que se llevaran los trastos voluminosos. Por eso la mayoría de sus clientes aceptaba la pequeña cantidad de dinero sin rechistar y seguía la furgoneta con la mirada mientras se alejaba con sus pertenencias. Sin embargo, Takeo me explicó que algunas personas se quejaban de que el precio era irrisorio y ponían al señor Nakano en un compromiso.

El señor Nakano había contratado a Takeo un poco antes

que a mí para que lo ayudara con las recogidas. Si había que recoger objetos pequeños, Takeo lo hacía solo.

—¿Cuánto dinero tengo que ofrecerles? —le preguntó Takeo, inseguro, la primera vez que el señor Nakano le ordenó que fuera sin él.

—*Pues eso*, el precio tiene que ser el más conveniente. Ya sabes cómo se calcula el valor de un objeto, me has visto hacerlo muchas veces.

En ese momento, Takeo apenas llevaba tres meses trabajando en la tienda, y no sabía calcular el valor de los objetos. A mí me pareció que mi jefe tenía ideas muy disparatadas, pero considerando lo sorprendentemente bien que marchaba el negocio, estaba claro que le funcionaban.

Takeo salió de la tienda nervioso y cohibido, pero regresó con el mismo aspecto de siempre.

—No he tenido ningún problema —anunció. Al saber que había pagado 3.500 yenes en total, el señor Nakano asintió varias veces, satisfecho, pero abrió los ojos como platos cuando vio la gran cantidad de objetos que Takeo había traído.

—Takeo, les has pagado una miseria. ¡Por eso me dan tanto miedo los principiantes! —bromeó el señor Nakano, riendo.

Takeo me explicó que uno de los jarrones que había recogido aquel día se vendió más adelante por 300.000 yenes. Como al señor Nakano no le interesaban los objetos tan caros, vendió el jarrón en un mercado de antigüedades que se instalaba en los alrededores de un templo. La chica con la que Takeo salía entonces se hizo pasar por su ayudante y lo acompañó hasta el puesto del mercado. Al enterarse de que un jarrón viejo y sucio se podía vender por 300.000 yenes, la chica empezó a atosigar a Takeo diciéndole que montara su propio negocio de artículos de segunda mano para poder independizarse e irse a vivir por su cuenta. Ya fuera por ese o por otro motivo, Takeo rompió con ella al poco tiempo.

Eran raras las veces en que el señor Nakano, Takeo y yo comíamos juntos. Nuestro jefe solía estar fuera la mayor parte del tiempo recogiendo material o merodeando por los mercados, las subastas o las reuniones de comerciantes del gremio. Takeo, por su parte, desaparecía sin perder ni un minuto en cuanto terminaba sus recogidas. Aquel día comimos juntos porque teníamos previsto visitar la exposición de Masayo, la hermana mayor del señor Nakano.

Masayo era una solterona de cincuenta y tantos años. Antes la familia Nakano tenía varias propiedades, pero la fortuna familiar había empezado a decaer durante la generación anterior a la del señor Nakano. No obstante, todavía les quedaba suficiente dinero para que Masayo pudiera vivir de las rentas de los pisos que tenían.

De vez en cuando el señor Nakano se burlaba de su hermana diciendo que era una *ar-tis-ta*, pero en realidad la trataba muy bien. Masayo exponía sus creaciones en la pequeña galería situada en el primer piso de la cafetería Poesie, que se encontraba delante de la estación. Era una colección de muñecas que ella misma había hecho a mano.

Al parecer, su última exposición, que había tenido lugar poco antes de que yo empezara a trabajar en la tienda, llevaba el nombre de «Colores del bosque». Masayo había arrancado unas cuantas hojas del bosquecillo que había en las afueras del barrio, había elaborado un tinte vegetal y había teñido unas prendas de ropa. A ella le parecía que el color del tinte era chic, pero Takeo me confesó más adelante, meneando la cabeza, que le había parecido «color váter». Masayo tendió la ropa en unas ramas que había recogido en el mismo bosquecillo y las colgó del techo. Cada vez que dabas un paso por la galería, que parecía un laberinto, las telas y las ramas que colgaban del techo y de las paredes te rozaban la cabeza y los brazos y te enredabas constantemente, según el señor Nakano.

La exposición de muñecas, sin embargo, no era tan extravagante, puesto que las muñecas no colgaban del techo sino que estaban expuestas en unas mesas a lo largo de la galería y cada una de ellas tenía un nombre, como *Libélula nocturna* o *En el jardín*. Takeo recorrió la exposición con una expresión ausente, mientras que el señor Nakano examinó las muñecas una por una, cogiéndolas delicadamente y dándoles la vuelta. La luz del mediodía irrumpía a través de las ventanas. La calefacción de la galería estaba encendida, y Masayo tenía las mejillas sonrojadas.

El señor Nakano compró la muñeca más cara y yo me quedé un muñequito en forma de gato que encontré entre los objetos amontonados en un cesto de la entrada. Nos despedimos de Masayo en las escaleras y salimos los tres juntos a la calle.

—Tengo que ir al banco —anunció el señor Nakano, y desapareció tras la puerta automática del banco que teníamos justo enfrente.

—Como siempre —dijo Takeo, mientras echaba a andar con las manos en los bolsillos de sus holgados pantalones.

Takeo tenía prevista una recogida en Hachioji. Allí vivían dos ancianas hermanas cuyo hermano mayor acababa de fallecer. Las «abuelitas», según el señor Nakano, llamaban constantemente para quejarse de que, justo después de la muerte de su hermano, habían empezado a llegar parientes a los que nunca habían visto para intentar birlarles las obras de arte y los libros antiguos que coleccionaba el difunto. Cada vez que llamaban, el señor Nakano les dirigía amables palabras de ánimo y siempre esperaba a que ellas colgaran antes el teléfono. «Así es este negocio», me decía, guiñándome el ojo, en cuanto colgaba después de haber aguantado media hora de lamentos. Aunque parecía escuchar con interés las quejas de las ancianas hermanas, no quiso ir a su casa a recoger material.

—¿Seguro que quiere que vaya solo? —le preguntó Takeo.

—*Pues eso* —repuso el señor Nakano acariciándose el bigote—, deberías pagarles un precio entre medio y bajo. Si les ofreces demasiado dinero, las abuelitas se asustarán, y si es demasiado poco…

Subí la persiana de la tienda e, imitando al señor Nakano, empecé a colocar los artículos reclamo en el banco. Mientras tanto, Takeo sacó la camioneta del garaje que había detrás del local. Le dije adiós y él agitó la mano derecha mientras aceleraba. Takeo tenía el dedo meñique de la mano derecha amputado a la altura de la primera falange.

Al parecer, el día en que lo entrevistó, el señor Nakano insinuó:

—¿No serás un…? Ya sabes a lo que me refiero.

—Si hubiera sido un *yakuza*, se habría arriesgado mucho al contratarme —le dijo Takeo cuando ya empezaba a adaptarse a su nuevo trabajo.

—En este negocio es fácil reconocer con qué tipo de gente estás tratando. —Rio el señor Nakano.

Cuando estudiaba tercero de bachillerato, un compañero de clase de Takeo le había pillado el dedo con una puerta de hierro y se lo había amputado por el simple motivo de que «le molestaba su existencia». Era un chaval que llevaba todo el curso metiéndose con él. Un semestre antes de graduarse, Takeo dejó el instituto porque, desde el accidente, se sentía constantemente en peligro. Su tutor y sus padres se comportaron como si todo fuera normal. Atribuyeron el repentino abandono de Takeo a su dejadez y a su estilo de vida. Aun así, Takeo se consideraba afortunado de haber podido dejar el instituto. Su compañero de clase, el chico que lo había hecho sentir amenazado, estudió en una universidad privada y el año anterior había entrado a trabajar en una empresa.

—¿No te da rabia? —le pregunté.

—Lo que siento no es exactamente rabia —me respondió él, con una sonrisa torcida.

—¿Qué es, entonces? —inquirí de nuevo, pero él soltó una risita desganada.

—No lo entiendes, Hitomi —me dijo—. A ti te gustan los libros y tienes una mente compleja. Yo tengo una mente simple —prosiguió.

—Yo también soy simple —repuse.

—Ahora que lo dices, a lo mejor tienes razón —admitió, riendo de nuevo—. Fue un corte limpio. Como no tengo tendencia a formar queloides, el médico del hospital me dijo que la herida cicatrizaría bien.

Cuando hube perdido de vista la camioneta, me senté en una silla al lado de la caja registradora y me puse a leer un libro de bolsillo. Entraron tres clientes en una hora. Uno de ellos se compró unas gafas viejas. Yo creía que unas gafas no servían para nada sin la graduación adecuada, pero en la tienda del señor Nakano las gafas viejas tenían mucho éxito.

—La gente las compra precisamente porque no sirven —decía siempre el señor Nakano.

—¿Y eso cómo se entiende?

—¿A ti te gustan las cosas útiles, Hitomi? —me preguntó él, sonriendo.

—Claro —repuse.

El señor Nakano dejó escapar un resoplido y, de repente, empezó a canturrear una estrofa de una extraña canción: «Un plato útil, un estante útil, un hombre útil».

Después del cliente que había comprado las gafas, no entró nadie más. El señor Nakano aún no había vuelto del banco. Debía de estar con alguien. Un día, Takeo me explicó que cuando decía que iba al banco, casi siempre quedaba con una mujer.

El señor Nakano se había casado por tercera vez unos años antes. Con su primera mujer había tenido un hijo que ya iba a la universidad, con la segunda había tenido una hija que estudiaba primaria, y su esposa actual había dado a luz a un niño seis meses antes. Además, tenía una amante.

—¿Tienes novio, Hitomi? —me preguntó mi jefe un día, aunque no parecía ansioso por conocer la respuesta. Me lo preguntó como quien habla del tiempo, mientras se tomaba un café junto al mostrador. Tampoco enfatizó la palabra *no-vio*, sino que la pronunció en un tono más bien neutro.

—Antes salía con un chico, pero ahora no estoy con nadie —le respondí.

—Ya —repuso brevemente, asintiendo. No me preguntó qué clase de chico era, ni cuándo habíamos roto, ni nada por el estilo.

—¿Cómo conoció a su actual esposa, señor Nakano? —inquirí.

—Es un secreto —repuso él.

—Con esa respuesta solo conseguirá que tenga más ganas de saberlo —insistí, y él me miró fijamente—. ¿Por qué me mira así?

—No tienes por qué fingir que te interesa, Hitomi —repuso él.

La verdad es que no tenía el menor interés en saber cómo había empezado la relación entre el señor Nakano y su tercera esposa. «No hay que subestimar al jefe —me susurró Takeo al oído más tarde—. Por eso tiene tanto éxito con las mujeres, porque conoce muy bien a la gente».

El señor Nakano aún no había vuelto, en la tienda no había nadie y Takeo estaba en casa de las abuelitas de Hachioji. Puesto que no tenía nada que hacer, seguí leyendo.

Últimamente, había un cliente que solo venía cuando yo estaba sola en la tienda. Era un hombre un poco mayor que el señor Nakano. Al principio pensé que era casualidad que siempre apareciera cuando no había nadie más, pero no lo era. Si intuía la presencia del señor Nakano, se ponía nervioso y se iba, pero regresaba rápidamente cuando el jefe no estaba. «¿Viene muy a menudo?», me preguntó un día el señor Nakano, y yo asentí.

Al día siguiente, por la tarde, el señor Nakano estuvo un buen rato revolviendo cachivaches en el almacén de la trastienda. El hombre misterioso llegó a última hora de la tarde y se quedó vacilando entre la puerta y la caja registradora, donde yo estaba sentada. Mientras tanto, el señor Nakano lo espiaba desde el almacén. Cuando el cliente se acercó a la caja, salió con una sonrisa y empezó a hablar con él. Era la primera vez que oía su voz. El señor Nakano lo escuchó durante un cuarto de hora, mientras el cliente le explicaba que vivía en la ciudad de al lado, que se llamaba Tadokoro y que coleccionaba espadas y sables.

—Aquí no tenemos nada antiguo —repuso el señor Nakano, a pesar de que el cartel de la tienda anunciaba que vendía objetos de segunda mano.

—Pero tienen cosas muy curiosas —observó Tadokoro, mientras señalaba un rincón donde había revistas femeninas de los años veinte y unas figuritas que regalaban con los caramelos Glico.

Tadokoro era un hombre bastante atractivo. Tenía el rostro enmarcado por la sombra oscura de la barba afeitada. Si hubiera estado un poco más delgado, se habría parecido a un actor francés cuyo nombre no recuerdo. Su voz atiplada me ponía un poco nerviosa, pero tenía una forma de hablar tranquila y serena.

Un poco después de que se hubiera ido, el señor Nakano me dijo:

—No vendrá en una temporada.

—Pero si han mantenido una conversación muy cordial —susurré, pero él meneó la cabeza y, aunque le pregunté por qué Tadokoro no iba a volver, no quiso explicármelo. A continuación, salió de la tienda murmurando que tenía que ir al banco.

Tal y como el señor Nakano había predicho, Tadokoro estuvo una temporada sin dar señales de vida. Al cabo de dos meses, sin embargo, empezó a venir de nuevo, siempre intentando aparecer cuando mi jefe no estaba. Al entrar me decía «Buenos días», y se despedía antes de salir.

Nunca intercambiábamos más que esas cuatro palabras, pero el ambiente se cargaba cuando venía. Los demás clientes habituales también me saludaban al entrar y al salir, exactamente igual que él, pero su presencia no era tan sofocante como la de Tadokoro.

Takeo se encontró con él un par de veces.

—¿Qué opinas de él? —le pregunté.

Reflexionó unos instantes, con la cabeza ladeada.

—A mí no me huele mal —repuso al fin.

—¿A qué te refieres? —inquirí, pero él agachó la cabeza sin decir nada más.

Mientras Takeo vertía un cubo de agua delante de la tienda para limpiar la calle, pensé en el significado de «oler mal». Intuí más o menos a qué se refería, pero también supuse que no había querido decir lo que yo pensaba.

Cuando terminó de limpiar la calle, se dirigió a la trastienda con el cubo vacío y oí que murmuraba:

—Los tipos que huelen mal son los que solo piensan en sí mismos.

Tampoco acabé de entender a qué se refería.

Mientras leía un libro porque no tenía nada mejor que hacer, Tadokoro entró en la tienda. En un abrir y cerrar de ojos, el ambiente se volvió asfixiante. En ese momento, había una pareja joven que acababa de comprar un jarrón de cristal. Cuando se fueron, el hombre se acercó al mostrador.

—¿Estás sola? —me preguntó.

—Sí —le respondí, con cierta desconfianza.

El aura que flotaba a su alrededor era más sofocante que nunca. Empezó a hablarme del tiempo y de las noticias del día. Era la primera vez que manteníamos una conversación tan larga.

—Verás, me gustaría vender una cosa —dijo, atajando bruscamente la conversación.

Cuando un cliente acudía a la tienda para vendernos algún objeto pequeño de uso diario, yo misma me encargaba de fijar un precio y de comprárselo. Sin embargo, cuando se trataba de una vajilla, un aparato eléctrico o una pieza de coleccionista, como las figuritas de los caramelos Glico, el señor Nakano era el único que podía hacer una oferta de compra.

—Es esto —dijo Tadokoro, entregándome un gran sobre marrón.

—¿Qué contiene? —le pregunté.

—Primero quiero que le eches un vistazo —se limitó a responder, dejando el sobre junto a la caja.

Por su forma de hablar, supuse que no desistiría hasta que examinara el contenido del sobre.

—Esto debería verlo el dueño —sugerí, pero él se arrimó al mostrador y me miró fijamente.

—Nunca has visto algo así. Te aconsejo que lo abras. Vamos.

No tuve otra opción que abrir el sobre, que contenía un trozo de cartón del mismo tamaño. Apenas había espacio para introducir los dedos, de modo que me costó un poco sacarlo. Además, Tadokoro me observaba atentamente. Cuanto más nerviosa estaba, más torpe me sentía.

Cuando al fin conseguí sacar el contenido del sobre, comprobé que se trataba de dos trozos de cartón unidos entre sí con tiras de celo. Había algo entre los dos cartones.

—Ábrelo —me animó Tadokoro, con su serenidad habitual.

—Tendría que romper el celo.

—No importa —me aseguró, mientras abría con un clic el cúter que había sacado sin que yo me diera cuenta y cortaba el celo con un hábil gesto. El cúter parecía un apéndice de su mano, que se movía con gracia y elegancia. Por un instante, el estómago me dio un vuelco. Mientras cortaba el celo, Tadokoro me dijo unas palabras misteriosas:

—Míralo, anda. Te servirá para aprender.

Esperé a que acabara de arrancar el celo, pero como no volvió a tocar el envoltorio, acerqué los dedos despacio, separé los dos cartones y vi unas fotografías en blanco y negro.

Las imágenes mostraban los cuerpos desnudos y entrelazados de un hombre y una mujer.

—¿Qué diablos es esto? —fue lo primero que dijo el señor Nakano.

—Parecen fotografías antiguas —opinó Takeo.

Mientras yo sujetaba los cartones entre los dedos, desconcertada, Tadokoro se había despedido aprovechando mi confusión: «Volveré otro día para que me hagáis una oferta. Hasta luego», dijo, y se fue de inmediato.

En ese instante, tuve la sensación de que Tadokoro absorbía la exclamación que se me había escapado al ver las fotografías, y me pareció que su pequeño cuerpo se expandía y se ensanchaba.

En cuanto se fue, volví a centrar mi atención en las fotografías. Los encuadres eran muy simples. El hombre y la mujer que servían de modelos parecían personas normales y corrientes. En total había diez imágenes. Las cogí y las examiné una por una.

Había una que me gustó especialmente. Mostraba al hombre y a la mujer a la luz de la mañana, haciendo el amor. Estaban vestidos, y la única parte que exponían de sus cuerpos eran los traseros. Al fondo se veía una calle repleta de pequeñas tabernas. Todas las persianas estaban bajadas, y delante de los locales había grandes cubos de basura. Ambos mostraban sus grandes traseros y sus muslos rollizos en el desértico callejón.

—¿Te gusta el arte, Hitomi? —me preguntó el señor Nakano, sorprendido, cuando yo le señalé aquella fotografía. Entonces cogió una en la que aparecía la pareja desnuda sentada frente a un tocador—. Yo prefiero esta, es más clásica —opinó. La mujer tenía la cabeza apoyada en el regazo de su pareja y los ojos cerrados. Llevaba un peinado muy elaborado.

Takeo observó atentamente las diez imágenes.

—Ni él ni ella son especialmente atractivos —comentó, mientras dejaba las fotografías juntas encima de la mesa.

—¿Qué vamos a hacer con ellas? —quise saber.

—Se las devolveré a Tadokoro —dijo el señor Nakano.

—¿Por qué no las vendemos? —sugirió Takeo.

—No hay suficientes.

El señor Nakano dio la discusión por zanjada, volvió a guardar las fotografías entre los dos cartones, las metió en el sobre y las dejó en la estantería de la trastienda.

Durante un tiempo, no conseguí olvidarme del sobre que reposaba encima del estante, hasta el punto de que me suponía un esfuerzo no volver la cabeza hacia él. Cada vez que un cliente entraba en la tienda, el corazón se me aceleraba ante la idea de que pudiera ser Tadokoro. Aunque el señor Nakano había dicho que él mismo se lo devolvería, el sobre seguía encima del estante, ya que nadie conocía la dirección de su dueño.

Los días fueron pasando y empezó un nuevo año.

Masayo vino a la tienda un día después de que hubiera nevado.

—Veo que habéis quitado la nieve de la entrada —dijo Masayo, que siempre hablaba con una voz clara y alegre. Al principio, Takeo se sobresaltaba cada vez que decía algo. Ahora parecía haberse acostumbrado, pero yo sabía que procuraba no acercarse demasiado a ella.

—Has sido tú quien ha despejado la entrada, ¿verdad, Take?

Al oír ese apodo, Takeo se sobresaltó por un instante. El día anterior habían caído veinte centímetros de nieve, pero cada vez que empezaba a cuajar en la calle, Takeo salía para retirarla, por eso ante la entrada de la tienda se veía la superficie del asfalto. El señor Nakano, como de costumbre, colocó el banco sobre la acera húmeda, que resplandecía bajo el sol, para exponer algunos objetos.

—Me gusta la nieve porque es alegre —dijo Masayo, que

no tenía reparos en expresar sus sentimientos. Takeo y yo la escuchábamos en silencio.

Pronto empezaron a llegar clientes. A pesar de la nieve que cubría la ciudad, precisamente ese día vino mucha gente. Vendimos tres estufas, dos braseros y dos colchones. Masayo y yo estuvimos atendiendo juntas. Al atardecer, cuando por fin bajó un poco el ritmo de ventas, el sol había derretido casi toda la nieve, y la zona que había despejado Takeo ya no se diferenciaba del resto de la acera.

—¿Os apetecen unos fideos? —propuso el señor Nakano.

Cerramos la tienda y entramos uno tras otro en la habitación con tatami que había al fondo. Hasta entonces habíamos tenido un brasero, pero se había vendido ese mismo día. Encima del tatami solo quedaba la manta que lo cubría. El señor Nakano trajo una mesita de té de la tienda y la colocó encima de la manta.

—Está caliente —exclamó Takeo, al sentarse sobre la manta.

—Si comemos todos juntos, pronto entraremos en calor —dijo Masayo, que no parecía haber entendido las palabras de Takeo.

El señor Nakano encendió un cigarrillo. Mientras llamaba al restaurante para encargar los fideos, iba echando la ceniza en el cenicero descantillado que estaba encima del estante.

—¡Qué desastre! —exclamó de repente.

Me volví y lo vi agitando el sobre de Tadokoro. Por lo visto, lo había quemado sin querer con la punta incandescente del cigarrillo. La fina columna de humo que salía del sobre desapareció cuando el señor Nakano lo agitó. La esquina del sobre quedó chamuscada. Sacó los cartones y comprobó que estaban intactos.

—¿Qué hay ahí dentro? —preguntó Masayo—. ¿Son litografías?

Sin responderle, el señor Nakano le tendió los cartones a su hermana. Ella los abrió y examinó atentamente las fotografías.

—¿Son para vender? —preguntó, y él negó con la cabeza—. Son muy malas —asintió ella, visiblemente aliviada—. Mis obras son mejores.

Takeo y yo intercambiamos una mirada, sorprendidos ante la objetividad que mostraba Masayo para valorar sus propias creaciones. Los artistas son verdaderamente imprevisibles. Pero lo que dijo luego fue aún más inesperado:

—¿Esas fotografías son de Tadokoro?

—¿Cómo lo sabes? —exclamó el señor Nakano.

—Era mi tutor en secundaria —explicó Masayo sin alterarse. Al mismo tiempo, alguien dio unos golpecitos en la persiana de la tienda y Takeo y yo estuvimos a punto de levantarnos sobresaltados.

—Será el repartidor del restaurante —murmuró el señor Nakano, y se dirigió a la entrada con el cigarrillo entre los labios. Takeo fue tras él y yo me quedé con Masayo en la trastienda. Ella cogió un cigarrillo del paquete del señor Nakano y lo encendió con los codos apoyados en la mesita. Su forma de sujetar el cigarrillo entre los labios era idéntica a la de su hermano.

—Tadokoro tiene un aspecto muy juvenil, pero ya debe de rondar los setenta años —aclaró Masayo mientras sorbía los fideos con tempura.

Había sido su tutor en tercero de secundaria. Si ahora seguía siendo un hombre atractivo, se ve que cuando tenía poco menos de treinta años era tan guapo que parecía un actor, según nos explicó Masayo. Como profesor no era nada del otro mundo, pero algunas chicas pululaban a su alrededor como abejas atraídas por la miel. Entre el grupo de chicas que rondaban a Tadokoro destacaba una compañera de clase de Masayo que se llamaba Sumiko Kasuya. Según los rumores, los habían visto entrando y saliendo juntos de un *meublé*.

—¿Qué es un *meublé*? —preguntó Takeo.

—Un hotel por horas de los de antes —le respondió muy serio el señor Nakano.

Cuando empezaron a circular rumores sobre la relación entre Sumiko Kasuya y Tadokoro, ella dejó el instituto y él fue despedido. Los padres de la chica la enviaron a vivir al pueblo con sus abuelos para alejarla del profesor, pero ella se empeñó en mantener el contacto con Tadokoro y, un año más tarde, se fugaron juntos. Por lo visto, estuvieron recorriendo el país de punta a punta hasta que las aguas volvieron a su cauce. Entonces regresaron al barrio y Tadokoro heredó la papelería de sus padres.

—Qué valientes —dijo el señor Nakano, que fue el primero en expresar su opinión.

—Entonces, era una relación seria —intervino Takeo.

—Pero ¿cómo ha sabido que las fotos eran de Tadokoro? —pregunté yo a continuación.

—Pues… —Masayo mordisqueó el rebozado de la tempura, que había separado de los fideos antes de empezar a comer—. Me gusta comerme el rebozado solo —dijo—. Absorbe el caldo y está para chuparse los dedos —susurró mientras cogía la tempura con los palillos.

Al parecer, mientras viajaba por el país con Sumiko Kasuya, Tadokoro se ganaba la vida vendiendo fotografías. Aunque se hubiera fugado con su alumna, no le faltaban las mujeres. Se ponía en contacto con ellas a través de un intermediario y les sacaba fotografías eróticas que luego vendía clandestinamente. Sin embargo, como era un simple aficionado, a menudo lo perseguían los comerciantes y las mafias locales. Lo dejó cuando las cosas empezaron a ponerse peligrosas de verdad, pero como aquel trabajo encajaba muy bien con su personalidad, tomó a Sumiko como modelo y empezó a vender fotografías a sus conocidos, casi a precio de coste.

—La chica que sale en estas fotos es Sumiko Kasuya —dijo Masayo, señalando el sobre del estante con la barbilla—. Yo tengo una copia de una de ellas.

—¿De cuál? —le preguntó el señor Nakano.

—La de los traseros —repuso ella.

Estuvimos un rato sorbiendo los fideos en silencio. Takeo, que fue el primero en terminar de comer, llevó su cuenco al fregadero. Luego se levantó el señor Nakano. Imitando a Masayo, aparté la tempura que flotaba en el caldo y me la comí aparte.

—Me gusta la foto de los traseros —observé, y Masayo se echó a reír.

—Me salió carísima. Como Sumiko no tenía dinero, pagué 10.000 yenes por ella.

—Yo no daría ni 1.000 yenes por las diez —dijo tranquilamente el señor Nakano, que acababa de volver después de haber dejado su cuenco en el fregadero, y Takeo asintió con aire solemne.

Cuando el señor Nakano y Takeo fueron al garaje a examinar la camioneta, Masayo y yo nos pusimos a fregar los cuencos.

—¿Qué fue de Sumiko a partir de entonces? —le pregunté mientras dejaba correr el agua.

—Murió —me respondió Masayo—. Tadokoro flirteaba constantemente con otras mujeres y, además, su único hijo perdió la vida en un accidente a los dieciocho años. Dicen que se volvió neurótica. Tadokoro no es un mal hombre, pero nunca debes permitir que los hombres como él te engañen, Hitomi.

Masayo fregaba enérgicamente los cuencos con el estropajo.

—Sí —repuse. No tenía miedo, pero un escalofrío me recorrió la espalda al recordar la asfixiante aura que acompañaba a Tadokoro. Era uno de esos escalofríos que sientes cuando coges la gripe.

Más tarde, cuando Takeo y yo salimos juntos de la tienda, le comenté que Sumiko Kasuya había muerto, y él se frotó las manos y dijo: «Vaya».

Tadokoro estuvo una temporada sin venir. Dos días después de que volviera a nevar, apareció de improviso y dijo:

—Al final he decidido no vender las fotografías.

Cuando le devolví los dos cartones que protegían las diez fotografías, él me acercó la cara y me preguntó:

—¿Y el sobre?

—Enseguida le compro uno nuevo —intervino Takeo, que acababa de llegar de una recogida y entraba en la tienda en ese preciso instante.

Tadokoro se volvió hacia él.

—Si vas a comprar uno, es un sobre cuadrado del número dos—dijo Tadokoro sin alterarse lo más mínimo, y Takeo salió corriendo.

—¿Has aprendido algo de las fotografías? —me preguntó Tadokoro, acercándome la cara de nuevo en cuanto Takeo hubo desaparecido de nuestra vista.

—He aprendido que usted antes era profesor.

Creí que se sorprendería, pero no se inmutó. Se limitó a acercarse un poco más.

—Eran otros tiempos —dijo. Estaba tan cerca que podía notar su aliento. La nieve que aún no se había derretido brillaba bajo el sol.

—Un sobre cuadrado del número dos —anunció Takeo, que acababa de volver.

Tadokoro se apartó de mí sin inmutarse, sacó despacio el sobre del envoltorio de celofán y metió cuidadosamente los cartones en su interior.

—Hasta luego —dijo, y salió de la tienda.

Justo después entró el señor Nakano.

—*Pues eso*, Takeo. La oferta que has hecho hoy era demasiado alta —dijo.

Takeo y yo guardamos silencio con la vista fija en su bigote.

—¿Qué os pasa? —nos preguntó él, atónito.

Permanecimos un rato sin hablar, hasta que Takeo dijo:

—No sabía que esos sobres eran del número dos.

—¿De qué estás hablando? —dijo el señor Nakano, pero Takeo no le respondió. Yo también me quedé callada, observando el bigote del señor Nakano.

El pisapapeles

Durante la estación lluviosa, el señor Nakano tenía menos trabajo porque no podía abrir el puesto en el mercado callejero donde solía vender los fines de semana. Además, la gente hacía menos mudanzas, de modo que las recogidas también escaseaban.

—¿Por qué siempre encontramos gangas entre el material que recogemos cuando hay una mudanza? —le preguntó Takeo, con una lata de café en la mano.

El señor Nakano reflexionó mientras apagaba el cigarrillo aplastándolo contra la tapa de su lata vacía. Como había usado la lata a modo de cenicero, las cenizas acumuladas alrededor de la tapa llegaban hasta los bordes y parecían a punto de derramarse. Aunque tuviera un cenicero al alcance de la mano, el señor Nakano prefería utilizar cualquier otra cosa.

—¿Por qué el señor Nakano nunca utiliza el cenicero? —le pregunté un día a Takeo disimuladamente.

—Porque si lo utilizara no podría venderlo —me respondió él.

—¡Pero si ni siquiera es antiguo! Es un cenicero de propaganda de los que regalan en cualquier parte —repuse sorprendida.

—Es un empresario bastante avaro —dijo Takeo, sin inmutarse.

—¿Avaro? Para ser tan joven utilizas palabras un poco anticuadas, ¿no? —observé.

—Es que lo dicen mucho en la serie *Mito Komon*.

—¿Sigues *Mito Komon*?

—Sí. Yumi es mi favorita.

Me imaginé a Takeo contemplando embelesado a Yumi Kaoru y dejé escapar una risita. De vez en cuando, en la tienda del señor Nakano aparecía algún póster en el que esa actriz anunciaba una marca de repelente para mosquitos. Durante una temporada, fue uno de los artículos más vendidos: en cuanto entraba en la tienda, en menos de una semana venía alguien y se lo llevaba. Cuando todos los fans consiguieron el póster, el ritmo de ventas bajó un poco.

—*Pues eso*. Cuando una familia se muda a un lugar mejor, quiere cambiar lo que tiene en casa por cosas mejores —le respondió el señor Nakano a Takeo—. Por eso salen bastantes cosas buenas y baratas.

—Buenas y baratas —repitió Takeo, y el señor Nakano asintió sin inmutarse.

—¿Y qué pasa cuando una familia se muda a un sitio peor? —insistió Takeo.

—¿Quién se muda a un sitio peor? —Rio el señor Nakano. A mí también me hizo gracia la expresión, pero Takeo permanecía muy serio.

—Una familia que tiene que huir en mitad de la noche sin pagar el alquiler, por ejemplo, o un matrimonio que se separa.

—*Pues eso*. En caso de apuro, la gente no tiene tiempo de pedir que alguien venga a recoger los trastos que ya no quiere —repuso el señor Nakano, mientras se levantaba y se sacudía la ceniza del delantal negro.

—Claro —respondió Takeo brevemente, y también se levantó.

A última hora de la tarde empezó a llover con más intensidad. Tuvimos que entrar el banco de madera que solía estar en la calle, de modo que el poco espacio que había dentro de la tienda se redujo todavía más. El señor Nakano desempolvaba con un plumero todos los artículos en venta. «Que sean trastos viejos no significa que deban estar siempre llenos de polvo —decía a menudo—. Precisamente los objetos viejos tienen que estar limpios, pero no demasiado. Es difícil, ¿verdad? Cuesta encontrar el término medio», añadía con una misteriosa sonrisa, plumero en mano.

Takeo salió para ir a tirar las latas de café al contenedor de reciclaje que había al lado de la máquina expendedora de bebidas. Fue corriendo para no tener que abrir el paraguas. Cuando volvió, estaba empapado. El señor Nakano le arrojó una toalla con el dibujo de una rana. Era uno de los objetos que habían encontrado entre el material de la última recogida. Takeo se frotó enérgicamente el pelo y colgó la toalla en la esquina del mostrador. El color verde de la rana se oscureció con la humedad. La ropa de Takeo olía a lluvia.

Llevábamos días sin ver a Masayo.

Me di cuenta al oír que el señor Nakano pronunciaba su nombre mientras hablaba por teléfono en la trastienda:

—¿Masayo? Es verdad. Qué raro. Pero…, es increíble —dijo.

—¿Le habrá pasado algo a Masayo? —le pregunté a Takeo, que estaba sentado sin saber qué hacer en el banco que habíamos entrado para que no se mojara.

—Ni idea —repuso él, tomándose otra lata de café.

Unos días antes, le pregunté si le gustaba ese café y él me miró sorprendido. «¿Que si me gusta?», repitió, extrañado. «Lo digo porque siempre tomas el mismo», aclaré. «Nunca me lo había preguntado —repuso Takeo—. Te fijas en cosas muy raras, Hitomi». Desde que habíamos mantenido esa conversación, Takeo seguía tomando café de la misma marca. Yo lo había probado una vez, pero lo había encontrado demasiado dulce para mi gusto. Sabía a café con leche azucarado. Takeo estaba arrellanado en el banco, con las piernas abiertas.

—Vamos, ¡a trabajar! —dijo el señor Nakano mientras regresaba de la trastienda. Takeo se levantó despacio y salió de la tienda haciendo tintinear las llaves de la camioneta y sin abrir el paraguas, fiel a su costumbre. El señor Nakano exhaló un sonoro suspiro mientras lo seguía con la mirada.

—¿Ocurre algo? —quise saber. El señor Nakano estaba deseando que le hiciera esa pregunta. Cuando suspiraba o hablaba para sí mismo era porque necesitaba hablar con alguien. Si yo no le hubiera preguntado nada, me lo habría contado de todas formas, pero antes de empezar me habría dado la lata con uno de sus pequeños sermones.

Desde que había observado que Takeo siempre se anticipaba a los sermones de nuestro jefe preguntándole si había ocurrido algo, yo intentaba seguir su ejemplo y hacía lo mismo. En cuanto oía la pregunta, el señor Nakano empezaba a hablar como una manguera que escupía agua a borbotones. Si no te interesabas por sus problemas, en cambio, la boca de la manguera se atascaba y solo escupía extraños sermones.

—Sí, verás —empezó el señor Nakano con fluidez—, resulta que Masayo…

—¿Le ha pasado algo a su hermana?

—La ha seducido un hombre.

—¡Vaya!

—Y parece que él ya se ha instalado en su casa.

—¿Están viviendo juntos?

—Así es como lo llamáis los jóvenes. Yo diría más bien que juegan a ser Sachiko e Ichiro.

—¿Quiénes son Sachiko e Ichiro?

—¡Por el amor de Dios! ¡Los jóvenes me sacáis de quicio!

Por lo visto, la persona que había llamado era su tía, Michi Hashimoto, la hermana del difunto padre del señor Nakano. La tía Michi se había casado con el joven dueño de una tienda de artículos deportivos del barrio. Lo de «joven» era antes, naturalmente. Por entonces ya estaba jubilado y le había traspasado el negocio a su hijo, que tenía la edad del señor Nakano.

Unos días antes, la tía Michi había comprado un par de

tartas en la cafetería Poesie y había ido a visitar a Masayo a su casa. Las tartas de Poesie no eran nada del otro mundo, pero la tía Michi tenía la costumbre de comprar en las tiendas del barrio. «En la tradición está el éxito», le decía siempre al señor Nakano que, delante de ella, asentía obedientemente, pero luego me decía riendo: «En este distrito comercial, las tradiciones ya se han ido al garete».

El caso es que la tía Michi compró dos tartas de queso en Poesie y fue a visitar a Masayo. Llamó al timbre, pero no obtuvo respuesta. Cuando ya empezaba a pensar que Masayo no estaba en casa, hizo girar el pomo de la puerta, que al no estar cerrada con llave se abrió en cuanto la anciana la empujó hacia dentro. La tía Michi escrutó el interior, temiendo que hubiera entrado un ladrón. Entonces oyó un ruido sordo. Al principio pensó que eran imaginaciones suyas, pero era un ruido de verdad. No parecía la voz de una persona, ni tampoco sonaba como si fuera música. Era un ruido sordo y pesado, como si un animal se arrastrara por el piso.

La tía Michi se puso en guardia, convencida de que eran ladrones. Sacó de su bolso la campanilla que siempre llevaba consigo para ahuyentar a los pervertidos y se dispuso a armar un buen escándalo.

—A su edad todavía lleva una campanilla para los pervertidos —susurró el señor Nakano, interrumpiendo su explicación.

—El barrio es cada vez más peligroso —repuse yo, y él meneó la cabeza.

—Lo que no entiendo es qué necesidad tenía de meterse en la boca del lobo. Si estaba convencida de que había ladrones, debería haber salido corriendo —razonó, exhalando un profundo suspiro. Lo que en realidad quería decir era que ojalá la tía Michi se hubiera ido del piso. Así no habría descubierto que Masayo estaba con un hombre.

Michi permaneció unos instantes en el recibidor, hasta que empezó a oír algo que parecían gritos.

—¿Gritos?

—*Pues eso*, como si Masayo y ese hombre estuvieran..., ya sabes —dijo exasperado el señor Nakano, agitando frenéticamente el plumero.

—¡No me diga que estaban haciendo el amor!

—Una jovencita como tú no debería ser tan explícita, Hitomi.

El señor Nakano volvió a suspirar con cara de inocente, como si no fuera él quien me había dado pie a que hiciera preguntas explícitas.

La tía Michi entró sin avisar, abrió la puerta corredera de papel y vio a Masayo frente a un hombre desconocido. Entre los dos había un gato.

—No estaban haciendo el amor, por lo menos en ese momento. Los gritos eran los maullidos del gato.

—Entonces no fue tan grave, ¿no?

—No. ¡Menos mal que solo era el gato! Si la pobre tía Michi llega a sorprenderlos con las manos en la masa, habrían tenido un problema mucho más gordo —dijo el señor Nakano, como si Masayo hubiera cometido un crimen.

—Pero su hermana es soltera, se supone que puede invitar a su casa a quien quiera —argumenté.

—Hay una cosa que se llama decencia —dijo el señor Nakano, y sus rasgos se endurecieron.

—Ya.

—Tenemos muchos conocidos en el barrio, y su conducta podría traernos problemas.

—Entonces ¿Masayo tiene algún tipo de... relación con ese hombre?

—No se sabe.

La continuación de la historia era bastante confusa. La tía Michi le preguntó a Masayo de dónde había salido ese hombre y qué tipo de relación mantenía con él, pero ella se mantuvo imperturbable, guardando un silencio obstinado que no rompió en todo el rato. Michi también intentó interrogar a su compañero, del que solo obtuvo respuestas evasivas.

Al final les arrojó la caja que contenía las tartas de queso y se fue. «¡Con la ilusión que me hacía compartirlas con ella!», le había dicho por teléfono al señor Nakano, enfurecida. Como consecuencia, y por el hecho de ser el único hermano de Masayo, el señor Nakano recibió una dura reprimenda de la tía Michi, que lo conminó a vigilar más de cerca a su hermana mayor.

—Eso es porque solo compró dos miserables tartas de queso. Si hubiera comprado diez o veinte…

—¡Qué exagerado!

—*Pues eso*. No puedo vigilar de cerca a una mujer que ya tiene más de cincuenta años. —El señor Nakano frunció el ceño—. ¿Qué voy a hacer, Hitomi?

Tuve la tentación de responderle que ese asunto no era de mi incumbencia, pero no podía hablarle así a mi jefe, ni siquiera en broma. Me gustaba mi trabajo, y el señor Nakano tampoco me desagradaba. El sueldo por hora no era gran cosa, pero la suma total era proporcional a las tareas que me encomendaban.

—Masayo te aprecia mucho.

—¿Cómo? —pregunté. Nunca había oído decir que Masayo tuviera una predilección especial por mí, y ella tampoco me lo había demostrado.

—¿Por qué no te pasas por su casa un día de estos?

—¿Yo? —exclamé, elevando mi tono de voz.

—Para ver qué clase de hombre es el que vive con ella —dijo el señor Nakano, con una voz deliberadamente neutra.

—¿Por qué yo?

—Porque solo puedo pedírtelo a ti.

—Pero…

—Mi mujer no se lleva demasiado bien con ella. Solo tienes que hacerle una visita. Te pagaré las horas extras —me pidió, juntando las manos a modo de súplica.

—¿Qué quiere decir con eso? —le pregunté, y él me guiñó el ojo.

—No se lo digas a Takeo ni a mi hermana —dijo, mientras abría la caja registradora y me entregaba un billete de 5.000 yenes—. Yo no puedo hacer nada. Solo te pido que vayas —insistió, y me apresuré a guardar el billete en mi monedero.

Aquella noche entré en el minimercado que había de camino a mi casa. Además del arroz con pollo que siempre me llevaba para cenar, cogí dos latas de cerveza. También metí en la cesta dos pequeños rollos de *chikuwa* de pescado con queso y un aperitivo de sepia frita deshidratada con sabor a mayonesa. Tras una breve vacilación, también cogí dos latas de *shochu* con tónica, unos pastelitos de crema y zumo de verduras envasado. Antes de pagar, cogí una revista semanal y me dirigí a la caja. El total ascendió a 3.000 yenes y pico.

Mientras caminaba por la oscura calle, me vino a la mente la expresión «dinero fácil». Las latas repiqueteaban dentro de la bolsa. Me senté en un banco del parque que había a medio camino y me tomé una de las cervezas. Además, abrí la bolsa que contenía los rollitos de *chikuwa* y me comí tres. La lluvia que había estado cayendo hasta primera hora de la tarde había dejado el banco mojado. Por un instante pensé que, si Takeo estuviera ahí conmigo, compartiríamos una cerveza, pero enseguida rectifiqué y me di cuenta de que prefería estar sola. Aunque todavía me quedaba media cerveza, me levanté porque tenía los vaqueros húmedos y vacié la lata mientras caminaba, bebiendo a pequeños sorbos. Había decidido visitar a Masayo a la mañana siguiente. La estrecha luna en cuarto creciente brillaba en lo más alto del cielo, rodeada de una fina bruma.

Las cejas de Masayo parecían dos lunas en cuarto creciente.

Aunque llevara muy poco maquillaje y apenas se pintara los labios, Masayo siempre estaba resplandeciente. Sus facciones estaban enmarcadas en un rostro perfectamente ovalado. De joven debía de ser una auténtica belleza. La cara del señor Nakano tenía una forma muy parecida a la de su hermana, pero sus rasgos eran más angulosos y tenía la piel bronceada como un terrón de azúcar moreno.

Lo único que Masayo parecía arreglarse eran las cejas, que describían una suave curva que recordaba los cuadros de principios del siglo xx. Un día me dijo que se depilaba las cejas con pinzas, arrancándose los pelos uno por uno. «Tengo un poco de vista cansada y a veces me falla el pulso —me confesó un día entre risas—, pero llevo tantos años depilándome las cejas que apenas me crecen los pelos». Al oír sus palabras, reseguí con el dedo mis tupidas cejas. Como casi nunca me las depilaba, los pelos crecían libremente.

Llamé al timbre y Masayo me abrió enseguida.

En el recibidor, encima del armario zapatero, tenía dos muñecas de la exposición que se había celebrado medio año antes, un niño y una niña altos y larguiruchos. Me puse las zapatillas que ella me ofreció y la seguí. Después de mucho dudar, había decidido comprar cuatro tartaletas en Poesie, y se las di en cuanto me invitó a entrar. Ella se echó a reír, tapándose la boca discretamente con la palma de la mano.

—Mi hermano Haruo te ha pedido que vengas, ¿verdad?

—Sí —reconocí.

—¿Cuánto dinero te ha dado? —me preguntó.

—N… no, no he venido por el dinero —titubeé precipitadamente, y ella arqueó sus cejas en forma de luna creciente.

—Él no quiere venir porque solo empeoraría las cosas —dijo.

Entonces le hablé sin querer de las «horas extras» que me había pagado el señor Nakano. En realidad no fue del todo involuntario. Una malvada parte en mi interior quería ver cómo reaccionaría Masayo en cuanto le desvelara la cifra.

—Ya. Así que 5.000 yenes. ¡Será tacaño! —dijo, pinchando con un tenedor la tartaleta de limón de Poesie.

—Lo siento —me disculpé cabizbaja, mientras pinchaba la tarta de cereza.

—Te gusta el hojaldre, ¿verdad, Hitomi?

—¿Cómo?

—Tartaletas de cereza, de limón, una pasta de hojaldre y una tarta de manzana —dijo Masayo, enumerando como un pájaro cantarín los cuatro pastelitos distintos que había comprado en Poesie. Luego se levantó, abrió el pequeño armario que había bajo el teléfono y sacó su monedero—. Esto es para que le mientas a mi hermano —dijo, mientras envolvía un billete de 10.000 yenes en un pañuelo de papel y lo dejaba al lado de mi plato, que contenía un trozo de tarta de cereza.

—No puedo aceptarlo —rechacé apartando el pañuelo, pero ella volvió a cogerlo y me lo metió en el bolsillo. El pañuelo se dobló y dejó al descubierto la esquina superior del billete.

—Tranquila. Si Haruo quiere arreglarlo así, así lo arreglaremos. Cómete la tarta de manzana, si quieres —me ofreció Masayo mientras me daba unas palmaditas en el bolsillo. El pañuelo de papel se movió—. Es increíble que una cincuentona como yo no pueda hacer lo que le dé la gana —refunfuñó Masayo, opinando exactamente lo mismo que su hermano, mientras se llevaba a la boca el pastelito de limón. Al mismo tiempo, yo devoraba el de cereza.

En cuanto terminó, se abalanzó sobre la tarta de hojaldre. Mientras comía, empezó a hablarme de su novio, que se llamaba Maruyama. Igual que su hermano, Masayo parecía una manguera que escupía agua a borbotones en cuanto alguien abría el grifo.

—Maruyama es un hombre al que yo rechacé tiempo atrás —me explicó Masayo, visiblemente contenta—. Luego se casó con Keiko, la hija de un comerciante de arroz de la ciudad vecina, y formó una familia, pero se ha divorciado hace poco. Keiko se fue de casa y le dejó una carta de divorcio que él aceptó enseguida. Por lo visto ella se asustó bastante porque no esperaba que su marido aceptara el divorcio tan pronto.

La manguera de Masayo escupía agua sin parar. Me enseñó una fotografía en la que aparecían los dos juntos con un templo de fondo. El señor Maruyama era un hombre de mediana estatura con los ojos caídos.

—Es el templo de Hakone —me explicó animadamente—. Los objetos de madera son muy típicos de la región.

Masayo entró en la habitación del fondo y salió con una cajita de madera hecha a mano.

—Qué bonita —dije, y ella sonrió. Los extremos de sus cejas bajaron un poco.

—Me gustan los objetos artesanales. Es preciosa, ¿verdad?

Yo asentí vagamente. Al parecer, el gusto por el arte tradicional era una característica de la familia Nakano.

—Este es para Maruyama —dije, empujando hacia ella el pastelito de manzana que no me había comido.

—De acuerdo —repuso Masayo, y lo guardó delicadamente en la caja. A continuación, acarició la cajita de madera de Hakone.

—¿Qué debería contarle al señor Nakano? —le pregunté a Takeo.

—Lo que te parezca más adecuado —me aconsejó él mientras bebía a sorbos un cóctel de limón.

Había decidido invitarlo a tomar algo con los 10.000 yenes que me había dado Masayo. A pesar del alcohol, Takeo estaba tan taciturno como de costumbre. Yo le iba haciendo preguntas inconexas: ¿Te gusta ir al cine? ¿Cuál es tu videojuego favorito? Es divertido trabajar en la tienda del señor Nakano, ¿no te parece? ¿A que está rico el hígado crudo que tienen aquí? Takeo se limitaba a darme respuestas breves y concisas: No mucho. Lo normal. Bastante. Sin embargo, de vez en cuando levantaba la vista y me miraba a los ojos. Entonces me daba cuenta de que se encontraba a gusto conmigo.

—Masayo estaba muy contenta.

—Estaría ilusionada con su nuevo novio —dijo Takeo sin inmutarse.

—¿Cómo te va con tu novia? —le pregunté, movida por un impulso.

—Ni bien, ni mal —repuso él—. Llevo cuatro meses soltero —añadió, sorbiendo el cóctel.

—Pues yo ya llevo dos años, dos meses y dieciocho días —confesé.

—¿Llevas la cuenta exacta? —Rio él. Cuando reía, Takeo parecía mucho más frío que cuando estaba serio.

«Pesa mucho —me había dicho Masayo—. Maruyama pesa mucho más de lo que parece», susurró, acariciando la cajita de madera. «¿Se refiere a su peso corporal?», le pregunté. «Bueno, quizá podríamos llamarlo así», repuso ella, enarcando sus cejas en forma de luna creciente y sofocando una risita.

Mientras observaba la fría expresión de Takeo, no pude evitar acordarme de la risita de Masayo. Era un ruido gutural que no sabría cómo definir, misterioso y secreto. Eso es, era una risa misteriosa.

—¿Piensas quedarte mucho tiempo en la tienda, Takeo?

—Ni idea.

—El señor Nakano es todo un personaje.

—Sí, lo es.

Takeo parecía concentrado en un punto muy lejano. Con el dedo amputado de la mano derecha se acarició el meñique de la izquierda.

—¿Puedo tocarlo? —le pedí cuando ya llevaba un rato observando sus movimientos, y él me dejó tocar el muñón. Mientras tanto, cogió el vaso con la otra mano y lo vació inclinando la cabeza hacia atrás y mostrándome todo el cuello—. Es como un pisapapeles —dije, mientras apartaba la mano de su dedo.

—¿Un pisapapeles?

«Maruyama es como un pisapapeles —me había dicho Masayo—. ¿No te parece, Hitomi? Cuando un hombre está encima de ti, ¿no te sientes como un papel atrapado bajo el peso de un pisapapeles?». «¿Un pisapapeles es eso que hay en los estuches de caligrafía?», le pregunté. Ella frunció el ceño. «Los jóvenes me sacáis de quicio... Nunca has usado un pisapapeles, ¿verdad? No solo sirve para sujetar el papel de caligrafía, sino cualquier tipo de hoja», dijo Masayo, y empezó a pinchar con el tenedor las migas de hojaldre que quedaban en el plato. «En la tienda del señor Nakano hay uno». «Sí, son muy prácticos. Yo los uso para sujetar los recibos. Si no, se van acumulando y al final acaban desperdigándose por todas partes. Por eso tengo que sujetarlos», me explicó. Entonces creí recordar que yo también había usado alguna vez un pisapapeles.

—¿Tú pesas mucho, Takeo?

El alcohol me subía rápidamente a la cabeza.

—¿Quieres probarlo?

—No, ahora no.

—Puedes probarlo cuando quieras.

Takeo también tenía la mirada enturbiada por culpa del alcohol. No parecía muy pesado. El señor Nakano también tenía el aspecto de ser un hombre ligero. Aquella noche, me gasté casi 6.000 yenes. Takeo y yo acabamos borrachos como cubas y nos besamos dos veces durante el camino de vuelta. La primera vez fue en la entrada del parque, y nuestros labios solo se rozaron suavemente. El segundo beso fue junto a los arbustos. Cuando introduje la lengua en su boca, él hizo ademán de retroceder.

—Uy, perdón —murmuré.

—Tranquila —repuso él mientras me metía la lengua en la boca, de modo que su respuesta sonó como *dranguila*.

—¿Cómo que «dranguila»? —dije yo, riendo. Él también se echó a reír, y ya no volvimos a besarnos. Cuando me despedí de él agitando la mano y diciéndole adiós, Takeo también me dijo adiós en vez de despedirse con su habitual «chao». Su adiós sonó terriblemente inseguro.

—Masayo estaba sola. No había ningún hombre con ella, por lo menos cuando fui a verla —le hice saber al señor Nakano.

—Bueno, menos mal —repuso él, aliviado. Mientras tanto, Takeo arrastraba el banco para sacarlo a la calle.

Después de muchos días de lluvia, el cielo había amanecido despejado. El señor Nakano empezó a colocar ordenadamente encima del banco la lámpara, la máquina de escribir y los dos pisapapeles, como siempre.

—Un pisapapeles —susurré, y Takeo me dirigió un breve vistazo.

—Sí, un pisapapeles —añadió en voz baja.

—¿Qué os pasa con el pisapapeles? ¿Es una especie de contraseña? —intervino el señor Nakano, interrumpiéndonos.

—Qué va —desmintió Takeo.

—En absoluto —corroboré yo.

Nuestro jefe fue a recoger la camioneta meneando la cabeza. Ese día había tres recogidas previstas. El señor Nakano llamó a Takeo, que lo siguió enseguida.

Quizá debido al buen tiempo, el tráfico de gente fue constante. Normalmente la mayoría de los clientes daban una vuelta alrededor de la tienda y se iban sin comprar nada, pero ese día hubo varias personas que se acercaron a la caja con algún artículo. Eran cosas de poco valor, como platos pequeños y camisetas de segunda mano, pero el timbre de la caja registradora no paraba de sonar. El flujo de clientes no disminuyó por la tarde. Cuando dieron las siete, la hora de cierre habitual, empezaron a llegar los que acababan de salir del trabajo y volvían a sus casas. A las ocho, cuando el señor Nakano y Takeo terminaron la última recogida y regresaron a la tienda, todavía quedaban dos clientes, y decidimos bajar la persiana hasta la mitad.

—Ya estamos aquí —dijo el señor Nakano al entrar. Takeo entró detrás de él sin decir nada.

Al oír el chirrido de la persiana, uno de los clientes se fue y el otro se acercó a la caja para pagar. Se llevó un cenicero y un pisapapeles. El cenicero era el que el señor Nakano nunca quería usar.

—¿Cuánto vale esto, señor Nakano? —le pregunté mientras miraba alternativamente el cenicero y a mi jefe, que se acercó a la caja.

—Este pisapapeles es una ganga, se nota que tiene buen ojo —le dijo al cliente el señor Nakano, que no escatimaba elogios.

—¿Usted cree? —dijo el cliente, poco convencido.

—El cenicero vale 500 yenes. No, se lo dejaremos por 450 —decidió.

El rostro de Takeo permaneció completamente inexpresivo mientras apilaba cerca de la entrada de la tienda varias cajas de cartón repletas de los diversos objetos que habían recogido durante el día.

Cuando el último cliente se fue, el señor Nakano acabó de bajar la persiana.

—Tengo el estómago vacío —dijo a continuación.

—Yo estoy hambriento —dijo Takeo.

—Yo también tengo un poco de hambre —añadí yo.

El señor Nakano descolgó el teléfono y pidió tres raciones de cerdo rebozado con arroz.

—¿De qué iba eso del pisapapeles? —nos preguntó mientras comíamos. Ni Takeo ni yo nos dimos por aludidos. Los dos hombres olían a sudor. De repente, cuando terminó de comer, Takeo se echó a reír.

—¿Qué pasa? ¿De qué te ríes? —le preguntó el señor Nakano.

—Ha vendido el cenicero… —dijo Takeo, sin dejar de reír. El señor Nakano se levantó, ligeramente ofendido, y empezó a lavar su cuenco en el fregadero.

En el estante, junto a las cajas de cartón que Takeo había dejado apiladas, el pisapapeles en forma de tortuga se había quedado solo, porque el último cliente del día se había llevado el conejo. En el interior de la tienda oscura solo se oía el chapoteo del agua mientras el señor Nakano fregaba su cuenco. Takeo no paraba de reír.

El autobús

—Billetes para dos personas —dijo el señor Nakano, mientras sacaba dos billetes de avión de un sobre que había recibido por correo certificado. Uno de los laterales del sobre estaba rasgado.

A pesar de que era el dueño de una tienda de objetos de segunda mano y su profesión requería cierta delicadeza, era bastante brusco.

—El suegro de Tamotsu Konishi ha muerto —prosiguió.

—Ah —dijo Takeo, con su indiferencia habitual.

—Ah —repuse yo al mismo tiempo. Era la primera vez que oía aquel nombre.

—Tamotsu siempre se ha comportado como un caballero. ¡Me ha regalado dos billetes de avión! —nos explicó el señor Nakano, que no salía de su asombro—. Quiere que vaya a visitarlo a Hokkaido este fin de semana. Digamos que es un viaje de negocios. Para recoger material y, lo que es más importante, para tasarlo —prosiguió el señor Nakano, cogiendo uno de los cuatro billetes de ida y vuelta y agitándolo entre sus dedos con los ojos abiertos de par en par. Primero miró a Takeo, y luego desvió la mirada hacia mí.

—¿También sabe tasar antigüedades, señor Nakano? —le pregunté, y él meneó ligeramente la cabeza.

—La verdad es que no es mi especialidad. ¿Por qué me

habrá pedido que lo haga? —refunfuñó, mientras escupía en un pañuelo de papel—. Me estoy fastidiando los pulmones, hay que ver. —«Hay que ver» era su último tic lingüístico—. Manteneos alejados del tabaco, jovencitos. Yo puedo dejarlo cuando quiera, pero soy libre de no hacerlo y quiero respetar mis libertades. A mi edad, ya se sabe.

Haciendo caso omiso del sermón del señor Nakano, Takeo cogió la llave de la camioneta y se dirigió directamente al garaje. Al quedarme a solas con mi jefe, me sentí obligada a preguntarle quién era Tamotsu.

—Un amigo del instituto.

—Ah —respondí por segunda vez, pero mi imaginación no concebía que el señor Nakano hubiera sido estudiante de instituto. No podía imaginármelo con la típica chaqueta de cuello levantado del uniforme escolar, caminando por la calle con ese amigo suyo, comiéndose un bocadillo a grandes bocados y con el blanco de los ojos limpio, y no turbio como entonces.

—Cuando éramos jóvenes, a Tamotsu nunca le faltaban las mujeres —dijo el señor Nakano, haciendo una ligera inspiración. Acto seguido, volvió a escupir en el pañuelo de papel—. Cuando se cansó de ligotear, se casó con una chica de buena familia y se estableció en Hokkaido, donde vivían los padres de ella.

—Ah —repuse por tercera vez.

—Además, su mujer no está nada mal.

En vez de asentir de nuevo, fijé la vista al frente. El señor Nakano parecía dispuesto a seguir hablando, pero se levantó en cuanto me puse a hojear la agenda de la tienda y se dirigió a la trastienda mientras gritaba:

—¡Takeo! ¡Tenemos una recogida!

El señor Nakano y Takeo tenían que ir a casa de un conocido de Masayo. Ella les había asegurado que, al tratarse de una casa antigua, encontrarían cosas interesantes. Sin embargo, mientras hacía los preparativos sin demasiado entusiasmo, el señor Nakano refunfuñaba: «En las casas de los grandes propietarios, nunca sabes la suerte que vas a tener».

Cuando la camioneta se alejó zumbando, exhalé un profundo suspiro. Aquella noche había quedado con Takeo. Fui yo quien lo invitó a salir.

—Hacía mucho tiempo que no tenía una cita —dijo Takeo, sentándose. Fue él quien me propuso quedar en aquella cafetería que parecía que llevara abierta más de treinta años.

—¿De quién es ese cuadro que hay en la pared? —pregunté.

—De Seiji Togo.

—Qué nostalgia transmiten sus cuadros, ¿verdad?

—No los conozco.

—¡Pero si acabas de decirme el nombre del pintor!

—Ha sido pura chiripa, lo siento.

—No hace falta que te disculpes, que no estamos en el trabajo.

—Es la costumbre, lo siento.

—¡Lo has hecho otra vez!

—Perdón.

Cuando había regresado a la tienda al atardecer, la camiseta de Takeo estaba empapada en sudor, pero cuando se sentó delante de mí noté un ligero olor a jabón.

—¿Tu ex novia no ha vuelto a llamarte?

—No, no he vuelto a tener noticias suyas —dijo educadamente.

—No hace falta que me hables así…

—Perdón.

Takeo pidió un té negro. «Con limón», añadió, mientras agachaba ligeramente la cabeza ante la camarera, aunque no sé si inclinó la cabeza o escondió el mentón. Los gestos de Takeo siempre eran un poco tímidos.

—¿Vienes aquí muy a menudo?

—Es barato y hay poca gente.

Le dirigí una leve sonrisa. Él me la devolvió. Sus gestos eran tímidos, pero los míos también.

—¿Quieres que vayamos a cenar? —sugirió.

—Vale —acepté.

Fuimos juntos a un restaurante de *yakitori* y comimos hígado a la sal, alitas de pollo y brochetas de albóndigas. Pedí un plato que se llamaba «piel de pollo en vinagre», y Takeo exclamó:

—¿Al vinagre?

—¿No te gusta? —le pregunté.

—Es que antes me hacían beber vinagre cada día —me explicó.

—¿Quién?

—Mi ex novia.

—¿Por qué?

—Porque decía que era eficaz.

—Qué raro… ¿Eficaz para qué? —le pregunté riendo, pero él no me respondió.

Para terminar, Takeo pidió un cuenco de arroz, lo mezcló con la piel de pollo al vinagre y las verduras encurtidas y se lo comió en un abrir y cerrar de ojos. Yo me acabé a pequeños sorbos la limonada que me quedaba.

—Fui yo quien te pidió una cita, así que hoy me toca invitarte —me ofrecí, pero él se levantó rápidamente, cogió la cuenta y se dirigió hacia la caja.

Al principio caminaba a paso ligero, pero justo antes de llegar a la caja tropezó, a pesar de que en el suelo no había ningún obstáculo. Yo fingí que no me había dado cuenta.

—Parece una cita de verdad —comenté cuando salimos del restaurante.

—¿Una cita de verdad? —repitió él con la frente arrugada.

Aún era temprano. Los camareros de los restaurantes hablaban en las aceras con sus uniformes negros. Takeo propuso ir a tomar algo y yo acepté. Entramos en un bar desierto alejado del distrito comercial. Él pidió un bourbon con soda, el más barato que tenían, y yo me decanté por una piña colada. En realidad, pedí un cóctel de color blanco y eso fue lo que me trajeron.

Cuando ya llevábamos dos copas cada uno, decidimos irnos. Una vez en la calle, Takeo me tomó la mano. Echamos a andar tímidamente, cogidos de la mano. Me soltó antes de llegar a la estación, se despidió brevemente y entró. Lo seguí con la mirada hasta que llegó a los torniquetes, pero él no se volvió ni una sola vez.

Como volvía a estar hambrienta, me acerqué a un minimercado y me compré un flan. Cuando llegué a mi piso, vi que la luz del contestador automático parpadeaba. Takeo me había dejado un escueto mensaje: «Lo he pasado muy bien». Su voz sonaba neutra e indiferente. De fondo se oía la megafonía de la estación. Mientras escuchaba el mensaje, abrí el flan y me comí un trozo. Rebobiné y escuché la frase de Takeo tres veces. Luego pulsé el botón de borrar.

Cuando llegó el fin de semana, el señor Nakano se fue de viaje a Hokkaido. Le pidió a Takeo que lo acompañara, pero este rechazó la invitación.

—¿Por qué no has querido viajar a Hokkaido con todos los gastos pagados? —le pregunté luego discretamente.

Él me miró fijamente.

—Me dan miedo los aviones —se justificó.

—¿Bromeas? —le pregunté riendo.

—Además, el señor Nakano me reclamaría que pagara el alojamiento y parte de los billetes de avión —prosiguió Takeo, sin dejar de mirarme a los ojos.

—¡No lo haría! —repuse, pero en el fondo sabía que era perfectamente capaz de hacer algo así, y admiré la perspicacia de Takeo.

A primera hora de la mañana del viernes, ajeno a nuestras suspicacias, el señor Nakano partió hacia el aeropuerto de Haneda. Había pedido que le reembolsaran el importe de uno de los dos billetes. Nos dijo que, una vez en Hokkaido, se reuniría con un comerciante amigo suyo que se encontraba allí y se presentarían en casa de Tamotsu Konishi como si hubieran llegado juntos de Tokio.

—Qué oportunista es, señor Nakano —le reproché.

—Deberías agradecerme que te haya contado la verdad, Hitomi —me respondió él, muy serio. Era un auténtico personaje.

El billete que le había mandado su amigo Tamotsu estaba abierto, así que no tenía fecha de vuelta:

—No sé cuándo volveré. Solo Dios lo sabe —dramatizó. Masayo, que acababa de entrar en la tienda, soltó una carcajada—. Los clientes empiezan a escasear, así que lo mejor será que me jubile y deje a Takeo y a Hitomi a cargo del negocio —prosiguió.

—Si piensas jubilarte, yo me haré cargo de tu negocio —declaró su hermana.

—¿Tú, gerente de una tienda como esta? ¡Me llevarías a la quiebra!

—¿Una tienda como esta? ¿Es así como llamas a tu propio negocio?

—¡*Pues eso!* Si se mantiene en pie es gracias a mis milagrosas dotes de gerente, aunque no sea una tienda convencional.

Ambos eran unos auténticos personajes.

El caso es que, mientras el señor Nakano estuvo en Hokkaido, Masayo vino cada día a cerrar la caja donde además del dinero de las ventas, se guardaba el libro de cuentas y un amuleto del templo de Toyokawa Inari que ella misma había comprado y que servía para atraer la prosperidad en los negocios. «Colgadlo en la puerta», nos había dicho, pero el señor Nakano se había negado rotundamente a colgarlo a la vista del público. «Yo crecí escuchando a Janis Joplin, no podría permitirme un desliz como ese», le confesó un día a Takeo mientras miraba de reojo el amuleto escondido en la caja. Takeo, inexpresivo como de costumbre, se limitó a responderle con un gruñido.

Tres días después de que el señor Nakano se hubiera ido de viaje, llegó una postal a nombre de «Prendería Nakano».

—No sabía que la tienda se llamara Prendería Nakano —comenté.

—Yo tampoco —me respondió Masayo, meneando la cabeza.

Masayo me pasó la postal después de haberla leído. Cuando terminé, se la pasé a Takeo, que la estuvo observando fijamente como si no pudiera quitarle la vista de encima. Decía así:

> Estamos en Sapporo. Hoy hemos comido fideos *ramen* y un plato de cordero con verduras. Ishii ha sufrido una indisposición, así que tendremos que quedarnos aquí hasta pasado mañana. Hokkaido es muy grande, pero también bastante inconexo. Me recuerda a una mujerona imposible de abarcar. Espero que estéis todos bien.
>
> HARUO NAKANO

Takeo leyó la postal en voz baja.

—Ishii debe de ser el comerciante de Hokkaido con el que tenía previsto reunirse —murmuró, ladeando la cabeza.

Casualmente, nosotros también estábamos comiendo una sopa de *ramen* que había preparado Masayo. Contenía una gran cantidad de soja, cebollino y brotes de bambú. En la tienda había muy poca gente. «Si estás ocupada, puedo quedarme para echarte una mano», me ofrecía Masayo de vez en cuando. «Casi no tengo trabajo», le respondía yo. Entonces se fumaba un par de cigarrillos y volvía a su casa.

Masayo siempre llegaba a las once de la mañana, cuando abríamos la tienda, y a las siete de la tarde, la hora de cierre. Era mucho más puntual que el señor Nakano, y cuando ella estaba detrás del mostrador las ventas se multiplicaban.

—Debo de tener algo que inspira confianza a la gente —decía.

—¿La gente compra más cuando se siente confiada? —preguntó Takeo, en un tono de voz apático.

Ya hacía una semana que Takeo y yo habíamos salido juntos como en una «auténtica cita». Desde entonces, yo le había mandado dos mensajes y le había llamado una vez. Él respondió los dos mensajes con las mismas palabras: «Estoy bien, cuídate mucho». La conversación que mantuvimos por teléfono apenas duró cinco minutos. Cuando vi que ya no daba más de sí, colgué enseguida.

—¿Hay algún truco para mantener una conversación fluida con un chico? —le pregunté a Masayo una tarde, cuando Takeo no estaba. Ella, que estaba revisando el libro de cuentas, levantó la cabeza y reflexionó unos instantes.

—El sexo hace un poco más fluidas las conversaciones.

—Ya —repuse.

—Por cierto, me sorprende que este negocio no se haya hundido —comentó luego en un tono de admiración. Acto seguido, cerró de golpe el libro de cuentas—. A lo mejor es verdad que Haruo no piensa volver —dijo con una risita sofocada—. El negocio va cada vez peor y su mujer no deja de atosigarlo.

—¿Lo dice en serio? —pregunté, y ella entrecerró los ojos.

—Es una mujer con carácter. Todas son iguales —dijo, frunciendo el ceño—. Me pregunto por qué al tonto de mi hermano solo le gustan las mujeres de esa clase.

No supe si Masayo se refería a la tercera esposa del señor Nakano o a su amante, pero no me atreví a preguntárselo. Por otro lado, tampoco era capaz de imaginarme a mí misma haciendo el amor con Takeo.

—Iré a ordenar el banco de la calle —dije, y salí de la tienda para cambiar de sitio el cenicero, la pantalla de la lámpara y las otras cosas expuestas en el gastado banco de madera. La estación lluviosa aún no había terminado, pero los últimos días había hecho un calor veraniego, y los rayos abrasadores del sol hacían resplandecer el cenicero.

Hola a todos. He terminado la tasación sin más novedad. Menos mal que Ishii domina el arte de la palabra y me ha sacado del apuro. Tamotsu y yo tenemos previsto hacer una ruta de unos días. Como él no conduce, iremos en autobús. Podríamos ir en tren, pero en autobús tendremos que hacer menos transbordos. Hay dos horas entre una ciudad y otra, espero que no me entren ganas de hacer pis a medio camino. Esta noche nos alojaremos en un balneario de carretera con vistas al mar. Teníamos la intención de llegar hasta el final de la línea, pero Tamotsu ha cambiado de opinión y ha preferido hacer noche a medio camino. Este es el único alojamiento que hay por aquí. A nuestro alrededor no hay ciudades, tiendas ni casetas de playa, nada de nada. Hemos llegado hasta el extremo del cabo, donde hay una cueva, pero hemos visto cangrejos blancos —son blancos porque nunca les da el sol— y Tamotsu se ha asustado. Tamotsu está gordo y calvo, pero sigue atrayendo a las mujeres. Espero que estéis todos bien.

HARUO NAKANO

Takeo leyó despacio en voz alta. Era un día caluroso. Cuando empieza a hacer calor parece imposible soportarlo, pero al cabo de unos días te acostumbras y acabas resignándote. Es un fenómeno curioso.

—¿Te apetece un helado? —me preguntó Takeo.

Cuando estábamos los dos solos en la tienda, de vez en cuando se olvidaba de guardar las formas y me hablaba con más familiaridad.

—Vale —repuse.

Takeo salió corriendo hacia el supermercado del otro lado de la calle y compró dos helados de cola.

—Espero que te guste —dijo, mientras me ofrecía uno.

—Se nota que al señor Nakano le gusta escribir —observé, y Takeo asintió. No podía responderme porque tenía la boca llena de helado.

49

Takeo acababa de llegar de recoger material en casa de alguien que estaba de mudanzas. Cuando no se trataba de una defunción sino de una simple mudanza, no había mucho que recoger, así que Takeo se había llevado el material sin pagar nada a cambio. Volvió con dos cajas de cartón llenas de objetos de toda clase. En cuanto las dejó en el suelo de la tienda, una vieja lata de caramelos se cayó de la caja más grande. Era de color verde claro y tenía unos dibujos muy bonitos. Intenté abrir la tapa, pero estaba oxidada y no cedía. Takeo me quitó la lata de las manos. Dio un fuerte tirón acompañado de un pequeño gemido y la tapa salió con facilidad. La lata estaba llena de algo que parecían gomas de borrar en forma de monstruos.

—¡Vaya! —exclamó Takeo.

—¿Qué es?

—Esto podría tener algún valor.

Había monstruos amarillos, rojos y naranjas, y el tiempo no había hecho palidecer sus llamativos colores originales.

—Es una suerte que te haya salido gratis —comenté, y Takeo asintió levemente.

—Es que no sabía que encontraríamos esto. Si lo hubiera hecho a propósito, me sentiría un poco culpable.

Me quedé pensativa, repitiendo sus palabras para mis adentros.

—¿Te gustaría que volviéramos a salir juntos? —le pregunté casi sin pensar.

—Claro —me respondió él inmediatamente.

—Te invito a cenar a mi casa —dije—. Esta noche, si quieres.

—Vale, esta noche —aceptó Takeo, algo distante.

Mordí el palito y noté el sabor de la madera mezclado con la dulzura del helado, que se derretía y resbalaba a lo largo del palo.

Justo antes de salir de la tienda, caí en la cuenta de que tenía el piso desordenado. Takeo ya se había ido. Cuando terminaba su trabajo, solía desaparecer sin perder ni un minuto.

Salí corriendo en cuanto llegó Masayo, de modo que apenas nos cruzamos. Metí la ropa, las revistas y los CD en el estante de abajo del armario empotrado, pasé la aspiradora a toda velocidad, fregué la taza del inodoro y, como no me daba tiempo de limpiar el suelo del cuarto de baño ni la bañera, lo dejé tal y como estaba. Para terminar, repasé el piso con la mirada por última vez. Aquel exceso de limpieza y de orden me pareció poco natural, así que saqué unas cuantas revistas y unos CD del armario y los esparcí por el comedor.

Takeo apareció acompañado de su olor a jabón. Por un instante me arrepentí de no haberme duchado, pero luego pensé que habría parecido que estaba esperando la oportunidad. Por eso el amor es tan complicado. Pero lo más complicado es saber si quieres enamorarte o no.

—Que pase lo que tenga que pasar —murmuré, mientras levantaba la mano para saludar a Takeo.

—Hola —dijo él, en un tono a medio camino entre la familiaridad y la formalidad—. ¿Qué es lo que tiene que pasar? —me preguntó a continuación.

—Ti… tienes un oído muy fino —balbucí, turbada. Takeo ya no era Takeo, era simplemente un chico llamado Takeo—. ¿Pedimos una pizza para cenar o algo así? —le pregunté con cautela.

—¿Te gusta la pizza, Hitomi?

—Lo normal.

—Ajá —dijo él.

—¿Cuál te apetece? —inquirí de nuevo.

—Alguna que lleve tomate.

—A mí me gustan las anchoas.

—Me parece bien.

Takeo se sentó en el taburete amarillo que yo había comprado con descuento en la tienda del señor Nakano. Me gustaba la frivolidad que transmitía el color amarillo. Preparé una ensalada de pepino —en realidad, me limité a cortar y aliñar los pepinos—, saqué dos jarras de cerveza del armario, puse los platos en la mesa y me quedé sin saber qué hacer. Desesperada, me pregunté qué hacían el resto de parejas jóvenes del mundo durante los veinte minutos que el repartidor de pizzas tardaba en llegar.

—¿Sabes? He recibido una postal del señor Nakano —dijo Takeo, mientras metía la mano en el bolsillo trasero de su pantalón sin levantarse del taburete. Sacó una postal doblada por la mitad y empezó a leerla en voz alta, despacio como de costumbre. Decía así:

Hola, Takeo. ¿Cómo estás? Estoy tomando una copa. Desde que estoy aquí, me emborracho mucho más deprisa. Quizá sea porque me paso el día en el autobús. Hoy la playa estaba llena de moscas que acababan de salir del huevo. Zumbaban a mi alrededor en enjambres y yo las miraba fijamente. No parecían interesadas en mí. Hokkaido es enorme. A lo mejor es ese el motivo por el que el alcohol me sube a la cabeza. No entiendo a las mujeres. A ti no parecen interesarte, a pesar de tu juventud. ¡Qué envidia me das! Tamotsu pasará la noche con una mujer que conoció ayer y luego volverá a su casa. Hazme caso, Takeo, no te comprometas con ninguna mujer. Siempre tuyo,

HARUO NAKANO

—No parece muy animado —opiné.

—Solo estaba borracho —dijo él, inclinando el cuerpo hacia delante.

—¿Estará preocupado por algo?

—Si estuviera preocupado, no tendría tiempo para escribir una postal como esta —opinó Takeo en un tono indiferente. Observé fijamente su rostro, cosa que no había hecho en todo el día. Tenía los ojos cerrados. Su expresión contradecía su tono de voz y parecía la de un animalillo acurrucado en una galería subterránea cuyo cuerpo acababa de recibir una ligera descarga eléctrica.

—¿Estás enfadado? —murmuré.

—¿Por qué debería estarlo? —me dijo él con su voz indiferente, pero seguía teniendo el aspecto de un animalillo asustado. Aunque no fuera consciente de estar enfadado, su lenguaje corporal indicaba todo lo contrario. Desvié la mirada. Ya no sabía quién era Takeo.

—Tiene suerte de no tener preocupaciones —susurré, pero solo su voz sonaba indiferente. ¿Por qué lo había invitado a cenar a mi casa? En ese instante, habría preferido que el señor Nakano estuviera en el lugar de Takeo.

Como nos veíamos todos los días, estaba convencida de que conocía un poco a Takeo, pero en ese momento me di cuenta de que no había nada más lejos de la realidad. Incluso llegué a pensar que Masayo tenía razón, y que lo que debía hacer era abalanzarme sobre él. Cuando hay sexo de por medio, todo lo demás pierde importancia.

Takeo balanceaba los pies desde el taburete. Al final sonó el timbre, le pagué 2.000 yenes al repartidor y recogí la pizza.

—Que aproveche —dijo él antes de empezar. Ya habíamos vaciado unas cuantas latas de cerveza. Cuando terminamos de cenar, se fumó un cigarrillo.

—No sabía que fumaras —observé.

—Solo de vez en cuando —me respondió él.

Seguimos sentados cara a cara, hablando de cosas triviales. Nos tomamos otra cerveza cada uno. Takeo consultó dos veces su reloj de pulsera, y yo tres.

—Tengo que irme —dijo, y se levantó.

En el recibidor, me acercó los labios al oído. Creí que quería darme un beso, pero en vez de besarme, susurró:

—Soy muy malo en la cama, lo siento.

Me quedé en blanco, sin saber qué responder. Mientras tanto, él cerró la puerta y se fue. No reaccioné hasta al cabo de un rato. Mientras lavaba los vasos y los platos, me acordé de que Takeo había cogido deliberadamente los trozos de pizza que llevaban menos anchoas. No supe si enfadarme, entristecerme o echarme a reír.

Cuando entré en la tienda al día siguiente, Takeo ya había llegado y estaba con Masayo. El reloj indicaba que era cerca de la una. Me había retrasado mucho.

Masayo se fue en cuanto llegué. Al cabo de un rato, me di cuenta de que ese día Takeo no tenía por qué estar en la tienda.

—Toma —me dijo, a la vez que me daba 2.000 yenes—. La pizza y las cervezas de ayer estaban muy ricas.

—Ya —repuse, asintiendo distraídamente.

Como no podía conciliar el sueño, me había quedado viendo la tele hasta el amanecer y preguntándome por qué los programas nocturnos me resultaban tan distantes.

Guardé el dinero en mi monedero sin decir nada. Takeo también estaba callado. La tienda estaba vacía como de costumbre, y durante una hora no entró ningún cliente.

—Mi ex… —dijo Takeo súbitamente.

—¿Perdona?

—Mi ex oyó decir que el vinagre era eficaz contra la disfunción eréctil, y me obligaba a tomarlo todos los días.

—¿Qué?

—No es que tenga disfunción eréctil, el problema es que a veces el sexo no me apetece.

—Y… ya.

—No supe cómo explicárselo. Al final, me cansé.

Takeo no añadió nada más.

—Me pregunto si hoy recibiremos alguna postal del señor Nakano —dije al cabo de un rato, y él esbozó una breve sonrisa—. ¿Crees que estará en el autobús? —Observé su expresión de reojo—. ¿Qué cara pondrá el señor Nakano solo en el autobús?

Takeo también me miró de reojo. Tuve la sensación de que el señor Nakano podía abrir la puerta y entrar en cualquier momento, pero pasó un buen rato sin que nadie apareciera.

—Lo siento, Hitomi. Soy un desastre.

—¿En qué sentido?

—En todos.

—No es verdad. Yo sí que soy un desastre.

—¿En serio? A ti... —vaciló, mirándome fijamente a los ojos, cosa que no solía hacer—. ¿A ti también se te dan mal las cosas de la vida?

Entonces sacó un cigarrillo del paquete arrugado que el señor Nakano había dejado en un rincón del estante y lo encendió. Yo cogí otro y di un par de caladas, para probar. Takeo escupió en un pañuelo de papel, como solía hacer nuestro jefe.

—¿Cuándo volverá? —inquirí, sin responder a su pregunta.

—Solo lo sabe Dios —repuso él. A continuación, frunció ligeramente los labios y se tragó el humo del cigarrillo.

El abrecartas

El *flash* se disparó con un breve chasquido y arrojó un deslumbrante destello de luz.

—Por eso me dan miedo las cámaras digitales —dijo el señor Nakano, aunque no parecía precisamente asustado.

—¿Por qué? —le preguntó Masayo, levantando la mirada del visor.

—Porque no hacen ruido.

—¿Qué es lo que no hace ruido?

—El obturador.

—Bueno, suena como un pitido —repuso Masayo, y se agachó de nuevo para mirar a través del visor. Fotografió de frente el jarrón de cristal que había dejado en el suelo, arrimado a la pared. Luego se desplazó un poco y sacó otra fotografía. Para terminar, le dio la vuelta al jarrón y fotografió el fondo de cerca.

La pared se había vuelto amarillenta con el paso del tiempo. Takeo acababa de llevar al almacén la amalgama de trastos permanentemente amontonados a lo largo de la pared. En el desordenado y confuso interior de la Prendería Nakano, aquella pared en la que solo había un jarrón era como un luminoso remanso de paz.

Poco después de que el señor Nakano regresara de Hokkaido, a su hermana se le ocurrió la idea de subastar artículos a través de Internet. «Colgaré las fotografías en la página web que ha diseñado el señor Tokizo y ya verás cómo se venden a buen ritmo», dijo. Por eso cada semana fotografiaba los artículos que estaban de oferta. Takeo y yo teníamos que obedecer las instrucciones de Masayo al pie de la letra: nos ordenaba que recogiéramos todo lo que hubiera frente a la pared y que sujetáramos la pantalla reflectora en diagonal, formando un ángulo de cuarenta y cinco grados —aunque ella se empeñara en llamarla así, la «pantalla reflectora» no era más que una gruesa cartulina blanca—. Cuando Masayo no estaba, el señor Nakano refunfuñaba: «Qué manías tienen los *ar-tis-tas*».

El señor Tokizo era un conocido de un conocido de Maruyama, el novio de Masayo. Tenía un negocio de antigüedades occidentales.

—El señor Tokizo tiene muy buena mano con los relojes —comentó un día el señor Nakano.

—¿De qué lo conoces? —le preguntó su hermana, sorprendida.

—Hemos coincidido varias veces en reuniones del gremio. ¿Estás segura de que ese viejo nervudo con aspecto de grulla domina las nuevas tecnologías?

—Será nervudo y parecerá una grulla, pero tiene talento para los negocios, no como tú —le espetó Masayo, con el ojo pegado al visor de la cámara.

El señor Nakano había vuelto de Hokkaido un poco más gordo. Su cuerpo, de constitución delgada, recordaba más a una cabra que a una grulla, pero cuando regresó del viaje parecía que llevara varias toallas enrolladas alrededor de la cintura. Aunque su cara y sus extremidades no hubieran cambiado y tuviera el pecho hundido como de costumbre, se le había hinchado el vientre.

—A lo mejor está enfermo —le dije disimuladamente a Takeo, pero él meneó la cabeza.

—Ha comido demasiado.

—¿Tú crees?

—Cuando mi abuelo engordaba, tenía el mismo aspecto que él.

—Habrá comido demasiada caballa y patatas.

—Y cordero con verduras —añadió Takeo.

El señor Nakano pronto adelgazó. Si al principio parecía que llevara tres toallas alrededor de la barriga, pronto se convirtieron en dos y luego en una, hasta que al final estaba incluso más delgado que antes.

—Ha perdido peso demasiado rápido, ¿estás seguro de que no está enfermo? —le pregunté a Takeo, que se echó a reír.

—Parece que estés enamorada del señor Nakano.

—¿Yo?

—Te preocupas mucho por él.

No estaba preocupada, simplemente sentía una curiosidad irrefrenable.

—No es verdad —refuté, pero me dio vergüenza admitir que solo lo hacía por pura curiosidad y preferí callar. El sudor resbalaba desde la frente hasta las mejillas de Takeo, que acababa de descargar el material de una recogida. Lo observé de reojo. Cerré los ojos. Una dulce sensación se apoderó de mí, y tuve la tentación de frotar mis rodillas una contra otra. Abrí precipitadamente la agenda de la tienda.

Había varias notas escritas: «A las 12.30, Kitano Heights 204». «Concurso hasta 120.000 yenes». «Teléfono revisión coche». «Reclamación mujer muela». La palabra *muela* estaba escrita en rotulador azul, *mujer* en color naranja y *reclamación* tenía letras negras, azules y rojas. Supuse que el señor Nakano había garabateado aquellas notas mientras hablaba por teléfono. Cuando mantenía una larga conversación, siempre abría la agenda y se entretenía haciendo esbozos y garabatos. Por eso entre las palabras *teléfono*, *revisión* y *coche* había la silueta de espaldas de un hombre joven que podría ser Takeo, varias rayas sin sentido y un jarrón dibujado. Los dibujos del señor Nakano eran torpes e infantiles. Sin embargo, por alguna razón misteriosa, todo lo que dibujaba era perfectamente reconocible.

El jarrón era el que Masayo estaba fotografiando con la cámara digital.

—Podría ser de Gallé —dijo, y el señor Nakano soltó una carcajada.

—¿Quién es Gallé? —preguntó Takeo.

El señor Nakano estuvo un rato reflexionando.

—Un artista que decoraba jarrones de cristal con motivos de libélulas, champiñones y cosas parecidas —repuso al fin.

—Qué mal gusto.

—Eso depende de cada uno.

—Vosotros no sois capaces de comprender la belleza de esos jarrones —intervino Masayo, mientras tomaba una fotografía en un plano inclinado. La cámara emitió un leve chasquido.

—Cada vez tengo más claro que esto de las cámaras digitales no es lo mío —gruñó el señor Nakano—. Si no oigo su ruido, su voz, no puedo comprenderlas —añadió.

—¿Su voz? —repitió Takeo, extrañado.

El señor Nakano se levantó y fue a la trastienda.

—Haruo es demasiado conservador —comentó Masayo, mientras apartaba el jarrón y colocaba en su lugar una estatua de un animal difícil de identificar—. Es un perro, ¿no? —dijo, moviéndolo para encontrar el ángulo adecuado—. ¿O un conejo? No, es un oso.

Al otro lado de la pared, oímos que el señor Nakano intentaba poner en marcha la camioneta, pero el motor no arrancaba.

—Se le habrá agotado la batería —aventuró Takeo, y se dirigió hacia la parte trasera de la tienda.

El chasquido del disparador de la cámara quedó ahogado por el ruido del motor, que acababa de ponerse en marcha. Puesto que los obturadores de las cámaras digitales tienen un recorrido muy corto, no conseguí distinguir el momento en que Masayo lo pulsó. Sus gestos, que parecían sombras que preparaban la cámara, se detenían y volvían a moverse, me desorientaban y no sabía adónde mirar.

Volví a dirigir despacio la mirada hacia la agenda. Me fijé en la palabra *muela*, que estaba escrita en azul. Por enésima vez se oyó el ruido ronco del motor intentando arrancar.

—¿Qué opinas? —me preguntó el señor Nakano.

En la tienda había entrado un grupo de tres mujeres de mediana edad que acababan de irse. Debían de tener la edad del señor Nakano, quizá un poco más jóvenes, y todo parecía indicar que habían venido en tren al barrio para ir de compras. Masayo acababa de decir que, desde que habían renovado el edificio de la estación unos dos años antes, nuestra clientela había cambiado un poco.

—Una de ellas era bastante guapa.

Dos de las mujeres iban cargadas de anillos y de pendientes y llevaban camisetas con originales diseños, llenas de encajes y de gatos dibujados que habían comprado quién sabe dónde. La tercera, en cambio, iba vestida con un sencillo suéter de verano de color beige y un pantalón ajustado. Como complementos, solo llevaba un lujoso reloj de oro.

—Su reloj parecía caro. Podría ser una antigualla.

No pude evitar sonreír al recordar que, en mi primer día de trabajo, el señor Nakano me había dicho que todo lo que había en la Prendería Nakano eran objetos de segunda mano, allí no se vendían antigüedades.

—Al final se han ido sin comprar nada.

La mujer del reloj dorado había cogido el pisapapeles en forma de tortuga y había estado un rato dudando. Luego lo había devuelto a su sitio y había examinado un cuenco de porcelana de Imari que habíamos recogido en casa del conocido de Masayo. Mientras tanto sus dos amigas cargadas de complementos criticaban el menú del restaurante donde habían comido: «Decían que era trufa, pero aquellos granitos negros parecían motas de polvo mezcladas con la salsa. Y el sorbete creo que solo llevaba aroma de lichi, lo venden en Hong Kong y en lugares así. Pues tendría mucho mérito que fueran hasta Hong Kong para comprar la materia prima. Sí, pero en Japón también lo venden...». Sin dejar de hablar, las dos mujeres cogieron una cartera que había hecho Masayo, teñida con tintes vegetales, metieron la nariz en su interior y la olisquearon.

—Yo creía que iban a comprar el cuenco de porcelana —dije, y el señor Nakano asintió.

—¿Qué crees que debe decir una mujer antes de entrar en un hotel por horas?

—¿Qué? —exclamé, ante su inesperada pregunta—. ¿A qué se refiere?

—Pues eso, figúrate que me dicen algo como: «Has escogido un momento *demasiado* oportuno para entrar».

—¿Quién? —pregunté—. ¿Está imaginando la reacción de la mujer del reloj de oro?

—¡Qué ocurrencias tienes! —dijo el señor Nakano mirándome con la frente arrugada, a pesar de que era yo quien debería mirarlo con extrañeza. Al poco rato, recuperó su cara habitual y añadió, con la mirada extraviada—: Ya me gustaría que hubiera sido ella...

—Escoger el momento oportuno es bueno, ¿no?

—Si es *demasiado* oportuno, no es muy *charmant*.

Me eché a reír, pero el señor Nakano prosiguió su explicación sin inmutarse.

—Las entradas de los hoteles de ciudad suelen estar en las calles, donde pasa mucha gente. Fuera de las ciudades, los hoteles están situados en las carreteras y entras directamente en coche, de modo que no tienes por qué preocuparte. Pero en un hotel de ciudad estás expuesto a las miradas de la gente, sobre todo de día —me explicó.

Mientras lo escuchaba y le respondía de vez en cuando con algún monosílabo, me di cuenta de que me había acostumbrado por completo a la forma de hablar del señor Nakano, que al principio me resultaba tan extraña. Exhalé un breve suspiro. Él lo ignoró y siguió hablando.

—Miramos a derecha e izquierda y entramos rápidamente. Parece sencillo, ¿no? —dijo, mirándome fijamente con seriedad—. Pero nada más entrar, había un escalón y ella tropezó.

—¿Seguro que no fue usted quien tropezó? —le pregunté, y él negó con la cabeza.

—Yo tengo muy buenos reflejos.

—Entonces fue ella.

—Sí —confirmó el señor Nakano—. Luego entramos en la habitación, hicimos lo que teníamos que hacer, terminamos y ella me dijo que se había quedado muy satisfecha y todo lo demás, pero empezó a hacerme reproches.

Escuchando la forma de hablar del señor Nakano, que parecía a punto de quedarse atascado en cualquier momento, me acordé de Masaki, un chico que iba a clase conmigo en tercero de primaria. Masaki tenía una clapa en la cabeza tan grande como una moneda de 10 yenes. Era bajito, pero tenía unos pies enormes, de modo que siempre era el primero en ser eliminado cuando jugábamos al balón prisionero. Yo solía ser la segunda o la tercera en caer, así que Masaki y yo estábamos siempre fuera del campo, sin jugar. Casi nunca hablábamos, pero un día, de repente, me dijo: «Tengo un hueso». La mayoría de los niños estábamos eliminados y en el campo solo quedaban los dos o tres más fuertes. Masaki y yo estábamos en las barras paralelas, contemplando las idas y venidas del balón de un lado a otro del terreno de juego. «Tengo un hueso de mi hermano mayor», me dijo Masaki. «¿De qué estás hablando?», le pregunté. «Mi hermano murió hace dos años», me respondió él. «¿Y cómo conseguiste…?». «Lo cogí de la urna. Quería mucho a mi hermano», dijo simplemente. Luego se apoyó en la barra y se quedó callado. No quise preguntarle nada más.

Poco antes de graduarme del instituto, volví a encontrarme con Masaki después de mucho tiempo. Había crecido, y me estuvo explicando que quería entrar en una prestigiosa universidad. «¿En la Universidad de Tokio?», le pregunté, pero él se echó a reír asintiendo con la cabeza. «La única universidad prestigiosa que conoces es la de Tokio, ¿verdad, Hitomi?». «Pues sí», le respondí en tono orgulloso, y me fijé en su cabeza. La clapa había desaparecido bajo una mata de pelo.

—¿Qué clase de reproches le hizo? —le pregunté al señor Nakano.

—Me dijo que no le había gustado porque lo había hecho *demasiado* bien.

—¿Y no se sintió orgulloso? —le pregunté.

—No —dijo el señor Nakano, que parecía confundido—. Creo que tuvo dos orgasmos, y no necesité más tiempo del habitual. Además, me cambio los calzoncillos todos los días.

—Ya.

—Además de decirme que todo eso no tenía gracia, antes de alcanzar el orgasmo no hizo ningún ruido. Ni un suspiro. Lo normal es emitir algún gemido, aunque sea pequeño. Pues ni siquiera se inmutó. Como esa cámara digital.

—Ya —repuse en un tono indiferente, sin saber qué decir.

Entró un cliente. Era un hombre joven. Recorrió la tienda mirando frenéticamente a su alrededor y cogió unos cuantos paquetes de cromos *menko* de los años setenta como si fuera lo primero que hubiera encontrado. Cuando se acercó a la caja para pagar, me di cuenta de que había escogido los cromos más baratos, puesto que eran artículos relativamente caros para ser de segunda mano. Le di las gracias y metí los cromos en una bolsa de papel. Mientras tanto, él mantenía la vista fija en mis manos. Cuando empecé a trabajar, me ponía muy nerviosa que me mirasen las manos, pero al cabo de un tiempo dejó de importarme. La mayoría de los clientes de una tienda de segunda mano no pierden de vista los artículos que han comprado mientras están pagando.

El señor Nakano suspiró y salió de la tienda. El cliente salió justo después de él. Hacía un tiempo húmedo y bochornoso, y el cielo estaba cargado de lluvia.

Conocí al «banco» del señor Nakano por casualidad.

En realidad era su amante. Cuando decía que iba al banco, la mayoría de las veces había quedado con ella. Desde el día en que Takeo me lo explicó, nos acostumbramos a llamarla «el banco», aunque nunca la habíamos visto.

Me encontré con ella inesperadamente en una calle cercana al edificio del banco.

Por la tarde, antes de que empezara a oscurecer, el señor Nakano dijo como siempre que tenía que ir al banco, y se fue. Takeo acababa de terminar una recogida, así que le pedí que me sustituyera un rato detrás del mostrador y yo también aproveché para ir a pagar el alquiler de mi piso.

A pesar de que estábamos a principios de mes, el banco estaba abarrotado.

El señor Nakano nos pagaba el sueldo en mano. Quitaba de las pagas mensuales las horas que habíamos faltado al trabajo y nos entregaba un sobre marrón a fin de mes. Como a veces cometía errores de cálculo, lo primero que hacía en cuanto me daba el dinero era sacarlo del sobre y comprobar que el importe fuera correcto. Hasta entonces me había pagado de menos en dos ocasiones y se había pasado una sola vez. Cuando me pagó más de la cuenta también se lo dije, por consideración. «Qué honrada eres, Hitomi. Esto te dará muchos quebraderos de cabeza», me dijo en un extraño tono de voz, a la vez que aceptaba con un gesto magnánimo los 3.500 yenes que yo le devolvía.

Al ver que la cola del banco no avanzaba, decidí ir antes a comprarme unas medias para la boda de mi prima, que se casaba al mes siguiente. Tenía la misma edad que yo. Cuando terminó la carrera, estuvo tres años en una agencia de viajes y cayó enferma porque trabajaba demasiado. Sin embargo, su espíritu inquieto no soportaba la falta de actividad, así que se inscribió en una agencia de trabajo temporal y empezó a trabajar de nuevo sin descanso. Cuando me dijeron que su prometido era el jefe de la empresa que la había contratado, sentí una gran admiración. Era digno de mi prima casarse con un «jefe», un cargo de importancia ambigua.

Mientras pensaba que escogería algún regalo de la lista de boda que no superase los 4.000 yenes, me puse en marcha con la intención de dirigirme hacia la tienda de ropa cercana. En cuanto salí del edificio, delante de mí apareció el señor Nakano en compañía de «el banco».

El señor Nakano y «el banco» estaban doblando la esquina. Cerca de allí había un hotel por horas. Los seguí casi sin pensar, convencida de que al señor Nakano no se le ocurriría entrar en un hotel que se encontraba tan cerca de su propio negocio. «El banco» tenía unas piernas muy bonitas. Llevaba una falda de tubo negra que le llegaba un poco por encima de las rodillas y una camiseta de manga corta ajustada al cuerpo. A su espalda ondeaba un fino pañuelo que llevaba atado alrededor del cuello con un nudo flojo. De repente, volvió la cabeza. Por un instante se me heló la sangre en las venas, pero pronto siguió caminando sin percatarse de mi presencia.

«El banco» era una mujer atractiva. Decir que era una belleza sería quizá un poco exagerado, pero su piel, sin apenas maquillaje, se veía blanca y suave. Tenía los ojos pequeños y la nariz recta. Sus labios tenían una indescriptible sensualidad y, al mismo tiempo, emanaban pureza.

«Así que esta es la mujer de piedra que no suelta ni un gemido», pensé mientras los seguía con la boca entreabierta. El señor Nakano y «el banco» siguieron caminando. Cuando llegaron a la puerta del hotel, él se volvió súbitamente. Su mirada inquisitiva recorrió toda la calle. Al principio no pareció reconocerme, pero justo después abrió los ojos como platos y su boca se movió pronunciando mi nombre: «¡Hitomi!».

Luego, la puerta del hotel absorbió al señor Nakano. No pareció entrar por voluntad propia, ni siquiera pareció que tuviera la intención de entrar, sino que fue literalmente engullido. «El banco» desapareció con él. «Es realmente bueno», pensé, admirada.

Cuando conseguí recobrarme, fui a la tienda de ropa y me compré las medias. Tras una breve vacilación, escogí unas de rejilla porque me acordé de haber leído, hojeando casualmente una revista de moda, que a los hombres les encantaba ver unas medias de rejilla entre la falda y las botas. Cuando salí de la tienda, me di cuenta de que no podría llevar botas porque estábamos en verano, de modo que, para que se vieran las medias, debería ponerme una falda corta que no tenía. De todos modos no importaba, porque solo tenía ocasión de ponerme medias en las bodas. Pensé que las usaría para disfrazarme cuando volviera a invitar a Takeo a mi piso. Pero… ¿disfrazarme de qué? Sumida en estos absurdos pensamientos, emprendí el camino de regreso a la tienda.

Un poco antes de que el señor Nakano viniera a cerrar, me di cuenta de que había olvidado por completo pagar el alquiler. Cuando el señor Nakano entró, lo saludé y él me devolvió el saludo como si nada hubiera pasado. Anoté en la agenda la palabra *banco* en rotulador azul. Los caracteres azules se alineaban debajo de *muela*, escrita con un grueso rotulador azul claro.

Quise preguntarle al señor Nakano si con lo de *muela* se refería a una piedra de afilar o a un diente, pero él se encerró en la trastienda. Antes de irme, me volví hacia la puerta del fondo y le dije adiós. Su voz difusa salió flotando de la trastienda: «Hasta mañana». Era una voz aguda y un poco vacilante, como la de un espectro deslumbrado por la luz del día.

—¡Un vecino del barrio ha sido apuñalado! —gritó, mientras entraba, el dueño de la tienda de bicicletas que se encontraba dos locales más allá.

Lo único que sabía era que se trataba de un hombre de mediana edad. Había sido apuñalado en un callejón sin salida del distrito comercial y se lo habían llevado en ambulancia. No había testigos. Por lo visto, él mismo había llamado al número de emergencias. Los médicos de la ambulancia lo recogieron del suelo inconsciente y, cuando los primeros curiosos acudieron al lugar, ya se lo habían llevado al hospital.

El dueño de la tienda de bicicletas, que llevaba un mono de trabajo, era de complexión obesa, al contrario que el señor Nakano. «Esto es porque no bebe ni fuma», decía mi jefe, que intentaba mantener las distancias con él. Sin embargo, el hombre se presentaba de vez en cuando en la Prendería Nakano con aires de experto.

Al parecer, el señor Nakano y el dueño de la tienda de bicicletas habían estudiado juntos en primaria y secundaria. «Era un tipo capaz de sacar punta a un lápiz con una navaja, y sus habilidades llegaban mucho más lejos: podía incluso grabar la imagen del acorazado *Yamato* en la madera. Un día le pedí un lápiz porque me había olvidado el estuche en casa y me prestó uno minúsculo con la punta redondeada, mientras escondía en la palma de la mano los lápices con los grabados del acorazado *Yamato* y de los cazas Zero. Para que os hagáis una idea de la clase de persona que es», nos explicó un día el señor Nakano.

Justo después, averiguamos que la víctima era un comerciante del barrio, y al atardecer supimos que se trataba del señor Nakano. Sonó el teléfono y lo cogí sin prisas —el señor Nakano me había dicho un día, mientras se fumaba un cigarrillo, que dejara sonar el teléfono tres veces antes de descolgar porque, si me apresuraba a responder, perdería al cliente que estaba atendiendo y no podría venderle el artículo en el que se había mostrado interesado—. Al otro lado de la línea oí la voz de Masayo.

—No te asustes, ¿vale? —me dijo, más serena que de costumbre—. Han apuñalado a Haruo.

—¿Qué? —exclamé.

Entonces fue cuando el dueño de la tienda de bicicletas irrumpió en la tienda por segunda vez armando un escándalo considerable. Se me quedó mirando mientras hablaba por teléfono, asintiendo solemnemente.

—Pero no es grave, no ha perdido mucha sangre.

—Ya —repuse, y noté que mi propia voz sonaba alterada. En cambio, de forma inversamente proporcional, la de Masayo era cada vez más tranquila. En un rincón de mi cerebro se me ocurrió que no había ninguna diferencia entre una voz alterada y una que se esforzaba en mantener la calma.

—Esta tarde iré yo a cerrar la tienda, pero a lo mejor llego un poco tarde. ¿Te importaría esperarme?

—No, claro —le respondí, recuperando la compostura. Notaba la penetrante mirada del dueño de la tienda de bicicletas clavada en mis labios y en la mano con que sujetaba el auricular. «¡Deje de mirarme!», quise gritarle, pero al final no me atreví, quizá por falta de costumbre. Colgué despacio el teléfono y fijé la vista al frente.

—¿Es verdad que el hombre al que han apuñalado es Nakano? —me preguntó.

—No lo sé —repuse—. No tengo ni idea.

Él me hizo más preguntas, pero yo guardé un silencio obstinado. Al cabo de un rato, regresó Takeo. El dueño de la tienda de bicicletas intentó sacarle algo más sobre el «misterioso caso de agresión en una callejuela del distrito comercial», pero como Takeo no sabía prácticamente nada y no parecía tener ganas de hablar, la conversación no llegó a ninguna parte.

—Voy a ir al hospital —me dijo Takeo en cuanto el hombre se fue.

—¡Vaya! Se me ha olvidado preguntarle a Masayo dónde estaba ingresado.

—Llamaremos a la policía.

Takeo descolgó inmediatamente el teléfono e hizo varias preguntas. Mientras sujetaba el auricular con una mano, abrió la agenda con el codo y anotó en rotulador azul el nombre y el número de teléfono del hospital. Debajo de la palabra *banco* escribió: «Hospital Satake, Nishimachi 2».

—Vuelvo enseguida —dijo, y salió a toda prisa por la puerta trasera. Cuando el motor de la camioneta se encendió al cabo de varios intentos, Takeo hizo sonar la bocina una vez. Levantó la mano rápidamente para saludarme, volvió a sujetar el volante y fijó la vista al frente, en la calle que se extendía al otro lado del parabrisas.

El hospital Satake estaba en un lugar difícil de encontrar. Aquel día, cuando Masayo vino expresamente a cerrar la tienda y luego volvió al hospital, decidí acompañarla, puesto que aún no había visitado al señor Nakano.

Aunque lo hubieran apuñalado ese mismo día y acabara de despertar de los efectos de la anestesia, mi jefe tenía muy buen aspecto. Había pelado hasta la mitad un plátano que le había traído Masayo y se lo estaba comiendo.

—Aprovecharé para pedir que me hagan toda clase de pruebas —dijo, en un tono despreocupado.

—¿Cómo tiene la herida? —le pregunté, pero no fue él quien me respondió, sino su hermana.

—Con algo así es imposible hacer una herida decente.

—¿Qué quiere decir?

—No lo han apuñalado con un cuchillo, sino con un simple abrecartas.

Masayo también empezó a pelar un plátano. Lo sujetaba con delicadeza, pero su forma de arrancar la piel era igual de brusca que la de su hermano.

—Lo han apuñalado con un abrecartas —me explicó.

—¿Con un abrecartas? —repetí.

—Exacto. Cuesta creerlo, ¿verdad?

—¿Los abrecartas están afilados?

—En absoluto.

—Pero ha perdido sangre, ¿no?

—Este sangra por cualquier cosa.

Cuando Masayo me llamó para decirme que habían agredido a su hermano, pensé por un momento que había sido «el banco». Pero me equivocaba.

—¿Recuerdas que el otro día mantuve una larga conversación telefónica? —intervino el señor Nakano.

—¿Una larga conversación?

El señor Nakano mantenía largas conversaciones por teléfono dos o tres veces al día. Generalmente, solía recibir llamadas de clientes. Por alguna razón que no comprendía, la gente era muy precavida a la hora de comprar o vender objetos antiguos. «Si se tratara de un objeto nuevo, por muy caro que fuera, lo comprarían enviándome un simple *e-mail*», refunfuñaba a menudo el señor Nakano.

—¿Cuándo fue?

—Hará una semana, más o menos. Me llamó una mujer reclamándome que afilara con una muela un objeto que había comprado —dijo el señor Nakano mientras pelaba otro plátano, esta vez hasta el final, y se lo metía entero en la boca.

—¡No te lo comas de un bocado! ¿No te das cuenta de que te vas a atragantar? —lo riñó Masayo.

—Nadie se atraganta con un plátano.

—Pues en los periódicos cada dos por tres salen noticias de gente que muere atragantada con un plátano.

—¡Y un cuerno! Se atragantan con las tortas de arroz de Año Nuevo.

—¿No será lo que está escrito en la agenda? —pregunté, acordándome de la palabra *reclamación* escrita en negro, azul y rojo.

—Exacto. Era una mujer muy pesada. Me dijo que el abrecartas que había comprado en la tienda no cortaba, y se puso hecha una furia reclamándome que lo afilara.

—Pero un abrecartas no tiene por qué estar afilado, ¿verdad?

—A lo mejor los más buenos sí que lo están, pero los que vendemos en la tienda son de pacotilla. Supongo que no tienen por qué estar afilados —dijo mi jefe con expresión dubitativa. Se quedó un rato absorto, como si contemplara un lugar muy lejano—. A pesar de todo, aquella mujer tenía una voz muy bonita —prosiguió.

Por lo visto, la mujer de la voz bonita había vuelto a llamar. Le pidió al señor Nakano que cogiera una muela y que fuera hasta un lugar un poco apartado del distrito comercial. Fue una llamada muy misteriosa. El señor Nakano estaba curado de espantos, porque en esa clase de negocio solían pasarle cosas raras. Aun así, le llamó la atención que la mujer lo hubiera citado en una zona alejada del centro, porque lo normal habría sido quedar en un lugar céntrico. Sin embargo, atraído por su seductora voz, decidió acudir a la cita.

—No tienes remedio —le reprochó Masayo en voz baja. Su hermano le dirigió una breve mirada y se encogió de hombros.

A la hora prevista, el señor Nakano llegó dando un paseo al lugar convenido, con la muela bajo el brazo. La mujer lo estaba esperando. Llevaba un delantal atado a la nuca, el pelo recogido, una falda hasta las rodillas y unos calcetines blancos con unas sandalias que al señor Nakano le llamaron la atención. Eran el tipo de sandalias que se vendían en los años setenta. Como prendero, estaba acostumbrado a ser muy minucioso con las fechas.

La mujer parecía tener la misma edad que él. Llevaba los labios pintados de un color oscuro. Sin saber por qué, el señor Nakano sintió miedo. Tal vez fuera su intuición como prendero o, simplemente, la de una persona con un poco de juicio. «Agáchate», le ordenó la mujer. «¿Cómo?», dijo el señor Nakano. «Agáchate y afila el abrecartas», dijo ella, con la misma voz seductora que había oído por teléfono y que, en directo, era aún más bonita.

—He tenido una ligera erección —susurró el señor Nakano, y Masayo hizo chasquear la lengua.

Como si hubiera caído bajo un poderoso embrujo, el señor Nakano se agachó. Dejó la muela en el suelo, la llenó con agua mineral de una pequeña botella que la mujer le tendió y empezó a afilar despacio el abrecartas. Mientras tanto, ella permanecía de pie en medio de la calle con la cabeza erguida, en una postura que denotaba altivez.

El señor Nakano siguió afilando el abrecartas sin prisas.

—Le traeremos un cesto de fruta cuando vayamos a visitarlo —dijo Takeo—. No creo que le interesen mucho las flores.

Ese día, quizá debido a los efectos de la anestesia, el señor Nakano se quedó dormido a medio relato y Masayo no consiguió despertarlo, aunque lo sacudió, lo empujó y lo zarandeó. Desde entonces, tanto Takeo como yo habíamos estado ocupados en la tienda y no habíamos podido ir al hospital. Aunque apenas hubo trabajo cuando el señor Nakano fue a Hokkaido, últimamente el negocio marchaba viento en popa.

Cuando por fin tuvimos un día libre, Takeo y yo decidimos quedar por la tarde para ir juntos al hospital. Estaba impaciente por saber por qué la mujer había apuñalado al señor Nakano una vez afilado el abrecartas. Pensé en preguntárselo a Masayo, pero me daba un poco de reparo mantener aquella conversación en el trabajo. Además, el dueño de la tienda de bicicletas podía aparecer en cualquier momento con los ojos brillantes de curiosidad.

Takeo escogió fresas.

—Qué caras —comenté yo a su lado.

—Son para una ocasión especial —alegó él.

Cuando entramos en la habitación con dos grandes cestas llenas de fresas, el señor Nakano no estaba porque lo habían trasladado a una habitación de seis camas. Me lamenté al pensar que, si compartía habitación con otras cinco personas, le resultaría un poco incómodo explicarnos el desenlace de la historia. Cuando abrimos la cortina de la cama que ocupaba, «el banco» estaba con él.

—Uy —dije, y «el banco» me sonrió. Una vez más, me sorprendió el contraste entre sus pequeños ojos y sus seductores labios carnosos.

—Esta es Sakiko, la dueña de la tienda Asukado —nos presentó el señor Nakano, que parecía muy animado—. Ellos son Hitomi y Takeo —le dijo a Sakiko.

—¿Asukado no es donde venden jarrones y cosas así? —preguntó Takeo, y ella asintió—. Es una tienda de antigüedades de verdad —añadió Takeo, y Sakiko movió ligeramente la cabeza, sin decir ni que sí ni que no. Llegué a la conclusión de que aquella mujer no encajaba en absoluto con el señor Nakano.

—Supongo que querrás saber cómo termina la historia del otro día, ¿verdad, Hitomi? —me preguntó mi jefe, sin bajar la voz y con la misma actitud que había mostrado delante de mí y de Masayo, sin importarle que Sakiko estuviera presente. Ella nos ofreció dos sillas.

—No, no importa —balbucí, pero el señor Nakano me dirigió una sonrisa burlona.

—No te aguantes. Reprimirse es malo para la salud. ¿Sabías que es la primera causa de impotencia? —prosiguió. Me pregunté cómo se lo habría tomado Takeo, pero no me atreví a mirarle la cara—. Pues le afilé el abrecartas —empezó el señor Nakano, con su brusquedad habitual—. Le afilé el abrecartas con gran esmero. Cuando terminé, me levanté para dárselo. «Aquí tiene», le dije. «Me pregunto si cortará. Si cortará de verdad, quiero decir», dijo ella. «Por supuesto que sí», le aseguré. Entonces, sin previo aviso, me clavó el abrecartas en el costado. No echó la mano hacia atrás para darse impulso ni la levantó para clavármelo con más fuerza, no. Me lo hundió en el vientre con un movimiento sencillo y natural, como quien ahuyenta una mosca que pasa volando, ¿comprendéis lo que quiero decir?

El señor Nakano hablaba como si hubiera repetido el mismo relato varias veces y se lo hubiera aprendido de memoria. Tanto Takeo como yo estábamos mudos de asombro.

—Estaba tan bien afilado que me atravesó limpiamente la piel, cosa difícil de hacer con un abrecartas.

—¡Cielos!—exclamó Sakiko en el instante en que el señor Nakano terminó de hablar. Entonces, de repente, las lágrimas empezaron a resbalarle copiosamente por las mejillas, derramándose por sus pómulos hinchados como una catarata que parecía no tener fin. Sakiko lloraba sin hacer ruido. Me pregunté si eso era lo que se llamaba «llorar a mares».

—¿Tienes un pañuelo? —me preguntó el señor Nakano.

—Tome —le dije a Sakiko, tendiéndole un paquete de pañuelos de propaganda que me habían regalado.

Aparte de eso, nadie dijo nada más. Sakiko seguía llorando sin emitir ningún sonido y sin utilizar el pañuelo para sonarse la nariz, que moqueaba como una fuente. Al cabo de unos diez minutos, dejó de llorar tal y como había empezado: de repente.

—No te preocupes, la mujer ya está en manos de la policía y hay una demanda contra ella —intentó tranquilizarla el señor Nakano, pero Sakiko estaba inmóvil como una estatua y no parecía escucharlo.

Me acordé sin querer de la estatua que Masayo había estado fotografiando la última vez, esa que no se sabía si era un perro, un conejo o un oso. Involuntariamente pensé que, si Masayo hubiera fotografiado a Sakiko de perfil en ese preciso instante, habría vendido las fotografías a muy buen precio.

—Lo siento —se disculpó el señor Nakano, aunque sonó como si no acabara de comprender por qué tenía que pedir disculpas. Sakiko no se inmutó. Al fin, alargó la mano hacia el paquete de pañuelos y se sonó la nariz ruidosamente. Luego clavó la mirada en el señor Nakano.

—A partir de ahora, te prometo que gemiré —dijo.

—¿Cómo? —exclamó él, gritando un poco más de lo necesario.

—Gemiré con la condición de que no te acerques a otras mujeres aparte de la tuya —dijo Sakiko, en voz baja pero clara.

—Sí —repuso el señor Nakano, en un tono que parecía el de un luchador de sumo derrotado que ha caído de bruces sobre la arena—. Sí, claro. Por supuesto —añadió, con voz temblorosa.

Sakiko se levantó, imperturbable, y salió de la habitación sin volverse ni una sola vez.

Takeo y yo también nos fuimos al cabo de un rato, y nos dirigimos a paso rápido hacia el ascensor.

—Menudo genio —susurró Takeo.

—Masayo dice que al señor Nakano le gustan las mujeres con carácter.

—Pero es muy atractiva.

—¿Es tu ideal de mujer? —le pregunté, intentando aparentar indiferencia sin conseguirlo.

—No tengo ningún ideal de mujer —repuso él—. Por cierto, Hitomi, ¿a qué se refería con eso de gemir?

—Le ha prometido que gemiría cuando llegara al orgasmo.

—¿Qué? —exclamó Takeo.

Nos quedamos callados. Cuando ya llevábamos un rato sin hablar, dejé escapar un suspiro.

—¿Sabes? Cuando vuelva a nacer, no me gustaría reencarnarme en el señor Nakano —dije, y Takeo se echó a reír.

—Me sorprendería que te reencarnaras en él.

—Sí, sería muy raro.

—Pero Sakiko no me ha disgustado —dijo Takeo.

A mí tampoco me había disgustado. Y el señor Nakano tampoco, naturalmente. Había muchas personas que no me disgustaban. Entre ellas había algunas que incluso me gustaban y otras que me inspiraban más odio que amor. Mientras me preguntaba cuánta gente había que me gustara de verdad, le cogí la mano a Takeo. Él también estaba sumido en sus pensamientos.

Cuando salimos del hospital, levanté la vista al cielo y vi aquella estrella que brilla pálidamente cuando aún es de día, a determinadas horas de ciertas estaciones del año, y que no sabía cómo se llamaba.

—Takeo —dije.

—Dime —repuso él.

Volví a pronunciar su nombre y él me besó. Fue un beso como los de siempre, sin lengua. Yo me quedé quieta, saboreándolo. «Qué labios más cálidos», pensé. En algún lugar se oyó el motor de un coche tratando de arrancar, y justo después enmudeció.

Un perro grande

—*Pues eso*. Es enorme, te lo digo en serio —dijo el señor Nakano mientras se quitaba el delantal negro. No había ninguna recogida prevista para ese día, pero un cliente había llamado un rato antes para pedir una tasación. Aunque no era la especialidad del señor Nakano, el cliente había insistido hasta que él aceptó ir a echar un vistazo.

—¿Enorme? —pregunté.

El señor Nakano había empezado la conversación sin preámbulos, como siempre.

—Tiene el pelo largo y el aspecto de una mujer difícil de abordar —prosiguió sin inmutarse.

—¿Está hablando de una mujer?

—No, no estoy hablando de una mujer.

—¿De qué habla entonces?

—De un perro —dijo en un tono impaciente, mientras arrojaba el delantal al interior de la trastienda.

—¿De un perro? —repetí.

—Eso es. De esos perros altos y grandotes que corretean por el jardín de un aristócrata.

Aquella expresión me hizo gracia, puesto que el verbo «corretear» no encajaba con el jardín de un aristócrata.

—Bueno, tengo que irme —se despidió el señor Nakano, poniéndose un chaleco de nailon lleno de bolsillos.

—Hasta luego —le dije.

Oí el ruido claro del motor. Si imitara la forma de hablar del señor Nakano, diría que la semana pasada habíamos «renovado» el motor de la camioneta de la tienda. Cuando la llevó a la revisión, le dijeron que la batería estaba a punto de agotarse y que, además, la correa de distribución estaba casi rota.

—Tanto Takeo como yo estábamos acostumbrados a llevar la camioneta, habríamos podido seguir con la correa rota —refunfuñó el señor Nakano como si hablara para sí mismo, mientras revisaba minuciosamente la factura del taller de reparación.

—¿Lo dice en serio? —le pregunté disimuladamente a Takeo, quien asintió gravemente.

—Está absolutamente convencido.

En cualquier caso, «renovamos» el motor de la camioneta, y el señor Nakano se recuperó por completo de su herida. Como en los análisis minuciosos que le hicieron en el hospital le encontraron un exceso de azúcar en sangre, a la hora de comer hacía gala de sus vastos conocimientos sobre calorías. Esa era la única secuela que le había quedado de la agresión. Por lo demás, seguía exactamente igual que antes, conduciendo la camioneta con una sola mano y girando a derecha y a izquierda a volantazo limpio.

Los rayos del sol de la canícula irrumpían en el interior de la tienda. Sentada en una silla, me masajeé los hombros.

La historia del perro que correteaba por el jardín del aristócrata estaba relacionada con Maruyama, el «querido» de Masayo, tal y como lo llamaba el señor Nakano.

—Ese tal Maruyama vive en un piso de alquiler del barrio —dijo el señor Nakano, visiblemente contrariado.

—¿Y qué problema hay? —pregunté.

—Bueno, si es el querido de mi hermana, debería vivir con ella, ¿no? Masayo tiene un piso lo bastante grande.

Masayo vivía en un antiguo y elegante piso que le habían dejado sus padres antes de morir.

—¿Quién se ha creído que es ese tipo para negarse a vivir con ella?

Yo siempre había sospechado que el señor Nakano estaba demasiado apegado a su hermana.

—Tiene razón —repuse diplomáticamente.

—Resulta que el propietario del piso… —empezó el señor Nakano, e hizo una pausa dramática. Opté por ignorar su significativo silencio y seguí doblando hojas de papel para fabricar bolsitas. Cuando algún cliente compraba un objeto de gran tamaño, se lo entregábamos envuelto en una bolsa de papel con el logo de un centro comercial o de una tienda de ropa, pero eso solo ocurría en contadas ocasiones. Para los objetos pequeños, la Prendería Nakano fabricaba bolsas al estilo de las antiguas fruterías, doblando hojas de papel en cuatro partes y pegando las esquinas entre sí.

—Se te da muy bien fabricar bolsas, Hitomi —me dijo mi jefe, admirado.

—¿Usted cree? —repuse.

—Sí, tienes unos dedos muy hábiles. Lo haces mucho mejor que mi hermana.

—¿Usted cree? —respondí por segunda vez.

Al mencionar a su hermana, el señor Nakano recuperó el hilo de su discurso y empezó a hablar de nuevo sobre el «perro que corretea por el jardín de un aristócrata». La historia era la que relataré a continuación.

El propietario del piso donde vivía el señor Maruyama era un viejo mezquino. El edificio recibía el nombre de «Maison Kanemori, bloque 1». A pesar de que era una finca destartalada de cuarenta años de antigüedad, el propietario tenía la poca vergüenza de cobrar un alquiler digno de un edificio nuevo. Además, cuando había que reparar la fachada, repintar o cambiar el papel de las paredes, el viejo era de lo más cuidadoso y esmerado, para dar a entender que el interior estaba tan bien arreglado como el exterior.

Los apartamentos por dentro estaban limpios y eran bonitos, la distribución de las amplias habitaciones estaba hecha a la antigua, con mucho espacio para almacenar cosas. Todo estaba preparado para engañar al futuro inquilino y conseguir sacarle una paga y señal antes de que se diera cuenta de las condiciones reales en las que se encontraban los pisos de la Maison Kanemori, donde las voces de los vecinos se filtraban a través de las paredes, el suelo estaba inclinado y las cucarachas salían de los desagües por la noche y se paseaban a sus anchas por las habitaciones.

Por si fuera poco, la Maison Kanemori gozaba de muy buenas vistas. Incluso los inquilinos más perspicaces, que notaban la inclinación del suelo y el vago rastro de las cucarachas, cuando empezaban a retractarse se sentían embargados por la alegría al ver el jardín, que constituía el orgullo del propietario: una auténtica alfombra verde que se desplegaba ante el edificio.

La Maison Kanemori constaba de tres edificios construidos en el terreno del propietario. El jardín, pulcramente cuidado, rodeaba el edificio principal, donde vivía él, y los bloques 1, 2 y 3. Junto con los robles japoneses, abedules, magnolias, arces y plantas forestales se encontraban los árboles frutales como el caqui, el melocotonero y el mandarinero, que crecían mezclados con plantas vistosas y ornamentales como olivos fragrantes de flores doradas, azaleas y hortensias. El suelo estaba cubierto de un tipo de césped que daba florecitas blancas y azules al estilo inglés, y en la entrada de la propiedad había un gran arco de rosas.

—Suena como si fuera un jardín incoherente, sin ningún tipo de orden ni concierto —opiné, y el señor Nakano asintió.

—Ese Maruyama debe de ser un cabeza de chorlito si se ha enamorado de mi hermana, es normal que se haya dejado engañar por un viejo mezquino —dijo el señor Nakano, meneando la cabeza—. Si el problema solo fuera que el alquiler es desproporcionadamente alto, no sería tan grave, pero la avaricia del propietario de la Maison Kanemori hace que tenga muchos enemigos entre sus inquilinos —explicó.

—¿Enemigos? —pregunté.

—Sí, enemigos —repitió él, en una voz deliberadamente baja.

El propietario y su mujer estaban tan orgullosos de su jardín que no toleraban que ningún inquilino alterase su aspecto lo más mínimo. Tiempo atrás, un inquilino les había destrozado el jardín y no solo se habían enemistado con él sino también con el resto, que no habían hecho nada. A primera vista, la casa de los propietarios parecía un hogar humilde ocupado por un apocado matrimonio de ancianos ignorantes, pero una vez firmado el contrato estos cambiaban bruscamente de actitud y no dejaban pasar ni una sola afrenta.

—¿Les han declarado la guerra a sus inquilinos? —pregunté sorprendida, y el señor Nakano se echó a reír.

—Cuando alguien deja una bicicleta apoyada en un rincón del jardín, por ejemplo, al cabo de una hora aparece una pegatina en la bicicleta con la inscripción «Prohibido aparcar bicicletas aquí» o «Esta bicicleta será confiscada».

—¿Una pegatina?

—Por lo visto las fabrican expresamente.

—¡Debe de ser insoportable! —exclamé, y el señor Nakano asintió.

—Además, se ve que cuesta mucho arrancarlas.

—Pero ¿por qué no dejan aparcar las bicis en el jardín?

—Porque impedirían que el césped estuviera expuesto a la luz del sol y las ruedas podrían aplastar las flores. Ese Maruyama no tiene ojo para juzgar a las personas —concluyó el señor Nakano con cierto regocijo, y justo después se levantó—. Ya es hora de cerrar —añadió, y empezó a recoger los objetos expuestos en el banco de la calle.

En realidad, yo ya conocía la Maison Kanemori. Estaba situada a cinco minutos a pie del piso de Takeo. Un día, lo acompañé hasta su casa sin saber por qué —no entré ni saludé a nadie, naturalmente— y pasamos por delante de la Maison Kanemori. Lo único que vi fue un frondoso bosque. La verdad es que el jardín tenía cierto encanto y no me extrañó que los propietarios estuvieran orgullosos de él, como me dijo el señor Nakano.

«Este lugar me da la sensación de estar muy lejos de aquí», me había dicho Takeo, escrutando el jardín. «¿Entramos?», le propuse, pero él meneó la cabeza. «Mi abuelo me enseñó a no pisar los jardines ajenos». «Ya», repuse, un poco contrariada. Tuve que quitarme de la cabeza la idea de darle un largo beso a Takeo en aquel jardín.

—¿Y qué tienen que ver los propietarios del edificio con el perro? —pregunté, pero el señor Nakano estaba ocupado bajando la persiana y no me respondió. Era todo un personaje. Cuando salí a la calle por la puerta trasera comenté—: Ya se ha puesto el sol y todavía hace calor.

La media luna se recortaba nítidamente en el cielo, y a su lado titilaba la misma estrella blanca que había visto saliendo del hospital después de haber visitado al señor Nakano.

—Hasta mañana —me despedí, asomándome al interior de la tienda, pero mi jefe no me respondió, como era de esperar. Oí su voz canturreando, que se mezclaba con el chirrido de la persiana al cerrarse.

Al final fue Masayo quien aclaró la historia del perro.

—Resulta que los hijos de los propietarios se emanciparon hace tiempo —empezó Masayo, que tenía la costumbre de iniciar las conversaciones sin preámbulos, como su hermano.

Fue unos días después de que el señor Nakano nos hablara de la Maison Kanemori. Todos los integrantes de la Prendería Nakano —el señor Nakano, Takeo, Masayo y yo— estábamos reunidos en la tienda después de una temporada sin hacerlo.

—Es la primera vez que nos reunimos todos desde que ingresaron a Haruo, ¿verdad? —observó Masayo, mirándonos alternativamente.

—Por cierto, ¿qué fue de la mujer que apuñaló al señor Nakano? —inquirió Takeo.

—Se ve que está en la cárcel —respondió Masayo rápidamente.

—Ah —dijo Takeo.

No quisimos saber detalles más concretos, como la fecha prevista para el juicio o los cargos que se le imputarían a la acusada. No era por falta de atrevimiento, sino más bien porque no teníamos la costumbre de hacer esa clase de preguntas de cortesía.

—Cuando sus hijos se emanciparon, los propietarios se aburrían y se compraron un enorme lebrel afgano —prosiguió Masayo.

—Ah —repuse yo.

—Le tenían aún más cariño que al jardín.

—Ah —dijo Takeo.

—Un día, Maruyama se encontró con el anciano matrimonio, que había salido a pasear al perro.

—Ah —dije yo por segunda vez.

—Lo fulminaron con la mirada y le dijeron: «Apártese, por favor».

—¿Y qué hizo él?

—Se apartó —respondió Masayo, y estuvo un rato riendo.

Yo también reí, e incluso Takeo esbozó una ligera sonrisa. El señor Nakano era el único que parecía indiferente.

—No te hagas el remolón, Takeo —dijo—. Un poco de brío, ¡que hay que ir a Kabukicho!

El señor Nakano y Takeo tenían prevista una recogida en un piso del barrio de Kabukicho. Al tratarse de una única pieza, cualquiera de los dos podría haber ido solo, pero el señor Nakano sospechaba que el cliente no era trigo limpio. «¿Cómo lo sabe?», le pregunté. «Porque las palabras que utilizaba por teléfono eran excesivamente educadas», me respondió, después de una breve reflexión.

Cuando el señor Nakano y Takeo se fueron, Masayo se quedó un rato más en la tienda. Entraron cuatro clientes seguidos que compraron, entre otras cosas, un plato descantillado y un vaso con el logo de una marca de cerveza que les recomendó Masayo.

—Espero que no les pase nada con el cliente de Kabukicho —dije, aprovechando que en ese momento no había nadie en la tienda. Masayo ladeó la cabeza en actitud dubitativa.

—No te preocupes —me tranquilizó luego en voz baja.

—Los propietarios del piso del señor Maruyama son muy peculiares, ¿no? —observé al cabo de un rato, y ella ladeó la cabeza de nuevo.

—Maruyama es muy buena gente, no quiero que le creen problemas —me respondió visiblemente inquieta, y se fue al poco rato. En cuanto Masayo abandonó la tienda, los clientes dejaron de acudir. Como tenía tiempo libre, intenté acordarme de qué clase de perros eran los lebreros afganos, pero los confundía con los borzoi y los basset hound, y no conseguí visualizarlos.

Masayo me había contado que, según los rumores, el matrimonio tenía el perro en la casa, y habían encargado expresamente un futón doble para que pudiera dormir con ellos. «¿En un futón? ¿No sería una cama?», le pregunté, y ella negó con la cabeza.

Mientras estaba distraída imaginándome al enorme perro tumbado a lo largo encima del futón, de repente sonó el teléfono. Me levanté sobresaltada. Era alguien preguntando cuánto dinero le daríamos por un hervidor de arroz del año 1975. Le dije la hora aproximada en que el señor Nakano estaría de vuelta y colgué. No entró ni un solo cliente más hasta que Takeo y el señor Nakano regresaron.

—Era un casco —dijo Takeo desde el taburete amarillo, como siempre. Yo estaba sentada en una pequeña silla de madera como las de los niños de primaria. No la había comprado en la tienda del señor Nakano, sino en el mercado de la iglesia cercana al piso donde vivía antes.

Al parecer, Takeo había adquirido la costumbre de sentarse en el taburete sin respaldo cada vez que venía a mi casa, pero siempre lo hacía tímidamente. Eso me hizo pensar que quizá no le gustaba el color amarillo.

—¿Un casco? —repetí.

—El jefe tenía razón. El cliente era un señor *yakuza* —me explicó Takeo, con los codos apoyados encima de la mesa.

—¿Un *señor yakuza*? —Reí, extrañada por el calificativo *señor*.

—No deja de ser un cliente. Además, comparado con otros, me causó muy buena impresión.

El «señor *yakuza*» vivía en la última planta de un elegante edificio que daba a la calle donde se encontraba la sede del distrito de Kabukicho. Estuvieron buscando sitio para aparcar la camioneta, pero aquella zona estaba llena de coches President, Mercedes y Lincoln negros y resplandecientes, y no había ni un hueco libre. No tuvieron más remedio que dejar la camioneta en un aparcamiento que quedaba un poco alejado, de modo que llegaron tarde a la cita con el mafioso.

—El jefe estaba asustado —dijo Takeo, balanceando el cuerpo hacia delante y hacia atrás como si el taburete fuera una mecedora.

—¿Cómo se comporta cuando está asustado? —quise saber, y Takeo dejó de balancearse.

—Utiliza un vocabulario exageradamente educado.

—¿En serio? ¿No es lo mismo que hizo el *yakuza* cuando le llamó por teléfono? —exclamé, soltando una gran carcajada. Takeo empezó a mecerse de nuevo. El taburete crujía bajo su peso.

Aunque llegaron tarde, el señor Nakano y Takeo fueron

recibidos con mucha hospitalidad. La bella esposa del *yakuza* les sirvió una bandeja con tazas Ginoli que contenían un té muy aromático. También trajo leche condensada y terrones de azúcar en forma de rosa. Cuando los invitó a beber, Takeo y el señor Nakano bebieron el té precipitadamente.

—Bebimos tan deprisa que me quemé la lengua —dijo Takeo con brusquedad.

La mujer también trajo una tarta de color negro. Apenas llevaba azúcar, y estaba hecha básicamente de chocolate.

—¿También os la comisteis de un bocado? —pregunté, y él asintió enérgicamente—. ¿Estaba rica?

—Deliciosa.

Su mirada se extravió por un instante.

—Entonces te gustan las cosas dulces, ¿no? —dije, pero él meneó la cabeza despacio.

—No era demasiado dulce, pero tenía un sabor exquisito —aclaró.

—Deja de hacer ruido con el taburete —le dije, y él me miró sorprendido. Luego dejó caer el tronco hacia delante y se quedó quieto.

Cuando Takeo y el señor Nakano se terminaron su trozo de tarta, el *yakuza* dio unos golpecitos en la mesa con los nudillos. La puerta se abrió suavemente y entraron dos hombres que llevaban un casco y una armadura en una bandeja. Los dos iban vestidos con camisas blancas y pantalón negro. Uno de ellos, que parecía incluso más joven que Takeo, llevaba una corbata pulcramente anudada. El otro tenía la cabeza rapada y llevaba unas gafas redondas al estilo John Lennon. Depositaron el casco y la armadura en el suelo y se retiraron sin entretenerse ni un minuto más de lo necesario. «¿Por cuánto dinero me la comprarían?», les preguntó el *yakuza*, con su imponente vozarrón. «Déjeme pensar…», dijo el señor Nakano, imitando el dialecto de Kansai de su cliente.

—¿El señor Nakano puede tasar esa clase de antiguallas?

—Se ve que tanto el casco como la armadura tienen un

precio de mercado establecido —dijo Takeo con la cabeza gacha, molesto porque yo le había prohibido que se balanceara en el taburete. Fingí que no me daba cuenta.

El señor Nakano valoró el conjunto en 100.000 yenes. Con su grave voz, el *yakuza* dijo que le parecía justo. Su bella esposa apareció enseguida con una botella de whisky. Sirvió el alcohol en unos vasos de chupito sin hielo y llenó otros vasos con agua mineral del monte Fuji. Takeo no bebió, pero el señor Nakano se tomó tres vasitos de whisky seguidos.

Quizá debido a los efectos del alcohol, el señor Nakano se envalentonó. «¿No tiene nada más que quiera vender?», preguntó imprudentemente, y Takeo se alarmó. El *yakuza*, hundido en una poltrona, no hablaba. «Tenemos una botella con una forma muy curiosa que cogí de nuestro negocio —dijo la mujer—. Las botellas de alcohol son preciosas, ¿verdad? Tengo una pequeña colección», añadió, mirando alternativamente a Takeo y al señor Nakano. «Era una mujer increíble —le dijo el señor Nakano a Takeo cuando subieron a la camioneta—. Seguro que tienen un local de ocio nocturno al que tú y yo no iremos jamás y donde venden un alcohol tan caro que nunca podremos permitírnoslo».

Cada vez que se detenían en un semáforo, algo traqueteaba en la parte trasera de la camioneta. Eran el casco y la armadura, que se deslizaban por la superficie de carga dentro de su sencillo envoltorio. Cuando tomaron la ronda de Koshu, Takeo se desvió de la calzada y se detuvo en el arcén. El señor Nakano llevaba un rato medio adormilado. Takeo metió cuidadosamente el casco y la armadura entre las cajas apiladas en la camioneta. Cuando regresó al asiento del conductor, el señor Nakano seguía durmiendo con la boca entreabierta, roncando ligeramente.

—La cena de hoy está especialmente rica —dijo Takeo de repente, cuando terminó de explicarme la historia del *yakuza*.

—¿De veras? —le respondí.

Esa noche me había esmerado especialmente en preparar una cena a base de gambas al gratén, ensalada de tomates y aguacate y una sopa juliana de zanahoria y pimiento. Como casi nunca cocinaba platos elaborados, me había llevado dos horas.

—No es nada del otro mundo —repuse, mientras pinchaba una gamba con el tenedor y me la llevaba a la boca. Tenía un sabor ligeramente insípido. Le faltaba un poquito de sal. Luego probé la sopa, que me pareció demasiado salada.

Cenamos sin hablar y vaciamos dos latas de cerveza. Aquella noche, Takeo bebió muy poco. Cuando yo todavía iba por la mitad, él ya había terminado de cenar.

—Estaba muy rico —dijo, empezando de nuevo a balancear el tronco. Cuando se dio cuenta de lo que estaba haciendo, se sobresaltó y se quedó inmóvil.

—¿Recuerdas qué aspecto tienen los lebreros afganos? —le pregunté. Él reflexionó un rato con la frente arrugada. Al fin, cogió un bloc de notas que estaba en un rincón de la mesa e hizo un rápido esbozo a lápiz. Dibujó un perro que sin duda parecía un lebrero afgano, con el morro puntiagudo y el pelo largo.

—Qué bien dibujas —exclamé, admirada.

—No exageres —repuso él, y empezó a balancearse de nuevo.

—¿Por qué no dibujas un borzoi? —le pedí, y él deslizó el lápiz por la hoja del bloc sin dejar de mecerse. En un abrir y cerrar de ojos, en el papel apareció la silueta de un borzoi.

—¡Eres un artista! —lo elogié, y él se frotó la punta de la nariz con el nudillo del dedo índice.

A petición mía, también dibujó un basset hound, un hervidor de arroz de los años setenta y una de las muñecas que hacía Masayo. Luego fuimos a la cama y Takeo empezó a dibujarme tumbada. Adopté la posición de la maja de Goya y él hizo un rápido esbozo.

—Esta es la maja vestida —dije.

—¿Qué? —preguntó él, extrañado.

De repente, al cabo de un rato, Takeo se interrumpió en mitad del dibujo y soltó una exclamación.

—¿Qué pasa? —le pregunté. Él se levantó y se abalanzó sobre mí.

Se quitó los vaqueros de un manotazo, y cuando yo también me disponía a desnudarme, él me detuvo. Mis tejanos eran muy ajustados y tenía dificultades para quitármelos, pero Takeo me los arrancó como si pelara una pieza de fruta. Hicimos el amor brevemente.

—Ha estado muy bien —dije al terminar. Él me miró fijamente. Sin pronunciar palabra, se quitó la camiseta, que aún llevaba puesta. Yo decidí no quitarme la mía con la esperanza de que fuera él quien terminara de desnudarme. Pero no hizo ademán de hacerlo, y estuve dudando entre quedarme medio vestida, tal y como estaba, o desnudarme por completo. Takeo tenía la mirada perdida.

—Takeo —lo llamé.

—Hitomi —me llamó él en voz baja, absorto.

Siguieron unos días plenamente veraniegos hasta que el calor abrasador, que parecía no tener fin, se interrumpió abruptamente y llegó un tiempo más fresco, propio de principios de otoño. La Prendería Nakano estaba en pleno apogeo: la armadura y el escudo que el señor Nakano le había comprado al *yakuza* se vendieron por un millón de yenes, y un tentetieso que no tenía nada especial y cuyo precio de coste eran 1.000 yenes se subastó a través de Internet y su precio alcanzó los 70.000 yenes.

—Si esto sigue así, tendré que contratar dos o tres dependientas más aparte de Hitomi —exageraba el señor Nakano.

—Pero seguro que no nos subirá el sueldo —comentábamos Takeo y yo a sus espaldas. Sin embargo, el sobre que nos entregó a fin de mes contenía una propina de 6.500 yenes. Ni más ni menos. Era un detalle propio de nuestro jefe.

El día que cobramos, Takeo y yo salimos a tomar algo juntos por primera vez después de una buena temporada. Entramos en un restaurante tailandés situado en el edificio de la estación donde había una promoción de cervezas a 100 yenes hasta las siete de la tarde. Estuvimos bebiendo hasta pasadas las ocho. Al final, como de costumbre, Takeo pidió un cuenco de arroz que devoró mezclado con un plato de pollo frito con salsa de pescado. Cuando nos dirigíamos hacia la salida del restaurante después de haber pagado la cuenta a medias, vimos a Masayo y al señor Maruyama sentados a una mesa cerca de la entrada.

—¡Mira quién viene! —exclamó ella alegremente, y Takeo retrocedió un poco—. ¿Queréis quedaros a tomar algo con nosotros? —propuso entonces. Sin darnos tiempo a responder, se cambió de sitio, y tras sentarse rápidamente al lado de Maruyama nos indicó las dos sillas vacías enfrente de ellos.

—Es verdaderamente sospechoso —empezó Masayo sin preámbulos en cuanto nos sentamos.

—¿El qué? —preguntamos al unísono Takeo y yo.

—Últimamente no se ve al perro por ninguna parte —prosiguió ella, llevándose la jarra de cerveza a los labios. Un camarero se acercó a nuestra mesa—. Deberíamos pedir algo. ¿Os apetece una cerveza? Tráiganos una botella de cerveza japonesa normal y corriente —le pidió rápidamente Masayo.

El camarero se fue y ella se volvió hacia Maruyama como si esperase su aprobación. Él asintió discretamente, como siempre.

—¿El perro es el lebrero afgano de los propietarios de su piso, señor Maruyama? —le pregunté, y él volvió a asentir.

—Además, las pegatinas se han multiplicado por mil —añadió Masayo, con la vista fija en el rostro de su compañero.

El camarero volvió con las cervezas. Masayo depositó dos vasos delante de Takeo y de mí y nos sirvió. La espuma subió rápidamente y el vaso de Takeo empezó a rebosar, pero Masayo lo ignoró y siguió hablando.

—El otro día Maruyama estuvo un rato contemplando el

olivo del jardín de los propietarios y al día siguiente aparecieron tres pegatinas en su puerta.

—¿Tres? —exclamé, mientras Takeo sorbía despacio la espuma de la cerveza.

—En todas habían escrito la misma frase: «Se ruega cuidar la vegetación del jardín» —explicó Masayo, visiblemente indignada. El señor Maruyama asintió de nuevo. Estuve a punto de echarme a reír, pero intenté contenerme al ver que los demás estaban muy serios.

—¿En qué parte de la puerta aparecieron?

—En un lado, justo debajo de los carteles del censo y de la NHK.

—Vaya —dijo Takeo, en un tono de voz que sonó como un suspiro. Masayo dirigió la mirada hacia él, y Takeo se apresuró a agachar la cabeza.

—Fue muy fastidioso porque no había forma de despegarlas —intervino el señor Maruyama, abriendo la boca por primera vez. Tenía una agradable voz cálida y envolvente.

—Como las puertas pertenecen a los propietarios, no se puede decir que cometieran ninguna infracción —continuó Masayo vigorosamente.

—Ya —dije yo. Takeo permaneció en silencio.

El señor Maruyama vació su jarra de cerveza. Masayo hizo una pequeña pausa en su relato para dar un trago. Yo también cogí mi vaso. La cerveza no estaba muy fría, de manera que cuando di un sorbo noté un fuerte sabor a alcohol.

El señor Maruyama y Masayo alargaron simultáneamente los palillos hacia el plato de pollo frito, el mismo que habíamos comido nosotros. Mientras masticaban, Takeo y yo permanecimos en silencio. Él llevaba con el pie el compás de la música tailandesa que sonaba en el restaurante. Puesto que tenía un ritmo poco definido, tuve la sensación de que el pie de Takeo marcaba el compás con un ligero retraso.

Al ver que el señor Maruyama y Masayo estaban concentrados en la comida, me levanté.

—Bueno, tenemos que irnos.

Takeo también se levantó, como si yo hubiera activado un resorte. Masayo nos lanzó una mirada interrogante, pero no dijo nada porque tenía la boca llena.

Hice una pequeña reverencia y Takeo me imitó.

—Es como si el perro hubiera muerto —dijo entonces el señor Maruyama con su voz cálida y envolvente, mientras se limpiaba los dedos con la servilleta de papel.

—¿Te gustan los perros, Hitomi? —me preguntó el señor Nakano.

—Normal —le respondí.

—Dicen que es muy duro sufrir la pérdida de un animal de compañía —dijo él, hojeando la agenda.

—Supongo que sí —repuse yo.

Nunca he tenido perros ni gatos. Cuando volvíamos del restaurante tailandés después de habernos encontrado con Masayo y el señor Maruyama, Takeo me dijo de repente:

—Es muy duro perder un perro.

—¿Tú tenías uno? —le pregunté, y él asintió gravemente.

—Empecé a trabajar en la tienda del señor Nakano porque mi perro había muerto.

—¿Ah, sí? —dije, pero él no parecía dispuesto a dar más explicaciones.

Solo añadió que el perro mestizo que tenía desde que iba a la guardería había muerto el año anterior. Luego no dijo nada más.

—Esta noche te acompaño yo —le ofrecí al notarlo un poco alicaído después de haberme hablado de su perro, así que emprendimos juntos el camino hacia su casa. Un poco antes de llegar, Takeo ya parecía más animado.

—Ahora te acompaño yo a tu casa —me dijo, dispuesto a retroceder, pero al final lo convencí para que desistiera.

Cuando Takeo desapareció tras la puerta, di media vuelta y emprendí el camino hacia la estación. Debería haber llegado en diez minutos, pero sin darme cuenta tomé la dirección equivocada y me perdí entre las calles de aquella zona residencial, que parecían todas iguales.

De repente, mientras seguía una calle bordeada de farolas, me encontré en un lugar oscuro, frente a unos edificios que parecían antiguos. No había ni un alma. Me puse en guardia, pensando que me encontraba en un cementerio. Un perro ladró a lo lejos y me sobresalté. Cuando me disponía a dar media vuelta, me di cuenta de dónde estaba.

Estaba en el terreno de los propietarios del piso de Maruyama.

Me quedé un rato de pie, inmóvil. Las palabras de Takeo resonaron en mi mente: «Es muy duro perder un perro». También evoqué vagamente la expresión imperturbable de Maruyama.

Animándome a mí misma entré rápidamente en el jardín, el orgullo de los propietarios. Los tres bloques de pisos estaban en silencio, y en el edificio principal, donde vivía el anciano matrimonio, no había ninguna luz encendida. Pasé bajo el arco de rosas y me adentré en el jardín a grandes zancadas. Las plantas enredaderas rodeaban el grueso tronco de un árbol y mostraban sus grandes flores blancas, que solo se abrían de noche. Solo se oía el césped al crujir bajo mis pies.

Un poco más adelante, encontré un pequeño montículo de tierra. Era lo bastante largo y ancho para albergar a una persona tumbada, y no tenía ninguna planta a pesar de que se encontraba en mitad de un exuberante jardín. Olía a tierra húmeda, como si la hubieran revuelto y compactado de nuevo.

Avancé hasta el montículo y me detuve a su lado. Al cabo de un rato los ojos se me acostumbraron a la oscuridad y vi una pequeña cruz en el extremo con una fotografía apoyada en ella que mostraba un perro con el morro largo y puntiagudo. En el extremo del montículo había una cruz con una pegatina que rezaba: «Aquí descansa Pesu».

Di un respingo, retrocedí de un salto y abandoné el jardín precipitadamente. Mientras corría, fui consciente de que estaba aplastando sin ningún tipo de cuidado el césped que crecía bajo mis pies, pero no me importó. Llegué a la estación caminando a paso rápido. Abrí el monedero para comprar el billete y saqué las monedas con dedos temblorosos. Cuando subí al tren, los fluorescentes me deslumbraron.

—Creo que me compraré un perro —dijo tranquilamente el señor Nakano.

—¿De veras? —le respondí sin demasiado entusiasmo. No le había contado a nadie, ni siquiera a Takeo, lo que había visto aquella noche en el jardín.

—El calor ha vuelto —dijo el señor Nakano, desperezándose—. Cuando hace calor, los clientes no salen de sus casas. Si nos quedamos en números rojos, ¿me devolverás los 6.500 yenes que te di de propina el mes pasado? —Rio, y volvió a desperezarse.

—Ni hablar —le respondí.

El señor Nakano se levantó y entró en la trastienda.

—Se ve que Maruyama se va a mudar —gritó desde el fondo del local.

—¿Ah, sí? ¿Por fin ha decidido instalarse con Masayo? —pregunté.

—No. Los propietarios han empezado una ofensiva a gran escala con sus pegatinas y está un poco asustado. Ha encontrado un piso más barato justo al lado.

Mientras pensaba en el señor Maruyama, que no parecía un hombre capaz de temer a nadie, me volví hacia el cliente que acababa de entrar y lo saludé con una ligera inclinación de cabeza. Él se acercó al rincón donde se encontraban los marcos de fotografías y empezó a examinarlos. Cogió uno por uno los cinco marcos alineados, les dio la vuelta y se los acercó a la cara.

Al cabo de un rato vino con un pequeño marco y me dijo que se lo llevaba.

—¿El dibujo viene incluido en el precio? —me preguntó.

Al fijarme con más atención, me di cuenta de que el marco llevaba un esbozo de una chica que imitaba a la maja desnuda. Era el que Takeo había dibujado el día que había venido a mi piso.

Dejé escapar una exclamación de sorpresa.

Yo creía que Takeo había dibujado a la maja vestida, pero la chica que aparecía en el dibujo del marco estaba desnuda. La confusión que sentí se reflejó en mi rostro, y abrí la boca sin darme cuenta.

—Buenas tardes —le dijo el señor Nakano al cliente mientras salía de la trastienda. La luz de aquella tarde de verano iluminaba el marco y arrancaba destellos del cristal.

Celuloide

—Aquella noche no estaba desnuda, ¿no? —pregunté, y Takeo negó con la cabeza—. ¿Me desnudaste sin que yo lo supiera? —inquirí. Inmediatamente me di cuenta de que había sido una pregunta un poco rara.

No estaba desnuda cuando Takeo me había dibujado. Aquella noche yo había adoptado la postura de la maja vestida y, sin que yo lo supiera, el dibujo se había convertido en la maja desnuda y había aparecido en uno de los marcos de la tienda.

Era un poco absurdo decir que Takeo me había desnudado sin que me diera cuenta, porque nadie puede vestir y desvestir un dibujo.

—¿Desde cuándo estoy desnuda? —insistí. También fue una pregunta un poco rara, pero no se me ocurrió otra forma de preguntarlo porque Takeo me ponía nerviosa al mirarme de reojo.

Él no respondió.

—Oye, esto me resulta un poco incómodo.

Takeo abrió la boca momentáneamente, pero la cerró de nuevo sin haber dicho nada. La maja vestida se parecía un poco a mí, pero la maja desnuda y yo éramos idénticas en todo: en la piel de los muslos, en la distancia entre los pechos e incluso en la longitud de mis piernas, bastante largas de rodillas para abajo pero más bien cortas desde las ingles hasta las rodillas. Era un retrato tan preciso que hasta daba miedo.

—¿Te das cuenta de que me ha visto un cliente?

Como Takeo seguía sin pronunciar palabra, levanté el tono de voz. No me gustaba oírme a mí misma regañando a alguien, y mi voz sonaba cada vez más aguda.

—Es que… —empezó Takeo.

—¿Es que qué? —le pregunté, sin darle tiempo a continuar.

Él cerró la boca de nuevo y mantuvo la vista fija en el suelo, con la cara de un animalillo obstinado.

—Podrías decir algo, ¿no? —lo apremié, pero él permaneció un buen rato en silencio. Al final cogí mi retrato en versión maja desnuda y lo despedacé delante de sus ojos.

—Últimamente pareces cansada, Hitomi —me dijo el señor Nakano.

—¿De veras? Es que los últimos calores del verano me agobian mucho, y el aire acondicionado de mi piso se ha estropeado.

—Takeo podría arreglártelo —propuso él.

—¿Takeo? —repetí—. ¿Sabe arreglar estos aparatos?

—El año pasado se estropeó el aire acondicionado de la camioneta y lo arregló sin despeinarse siquiera —me explicó—. Lo desmontó en un santiamén, lo reparó no sé cómo y volvió a funcionar —prosiguió el señor Nakano, con los ojos abiertos de par en par—. Le diré que se pase por tu piso.

—No hace falta.

Rechacé el ofrecimiento de forma tan contundente que me sorprendí incluso a mí misma. Él me miró con la estúpida expresión de las palomas que picotean grano en los recintos de los templos. Creí que iba a preguntarme si me había peleado con Takeo, pero se limitó a encogerse de hombros. Luego salió a la calle y se fumó un cigarrillo en la entrada de la tienda. A pesar de que Masayo siempre le advertía que quedaba muy feo que esparciera la ceniza delante de su propio negocio, ese día no solo tiró la ceniza al suelo, sino también la colilla. La sombra alargada del señor Nakano se proyectaba oblicuamente detrás de él. Las sombras cortas y oscuras del verano ya habían desaparecido.

Las temperaturas habían bajado a principios de septiembre, pero cuando el mes de octubre estaba a punto de empezar, el calor del verano regresó sin previo aviso. El aire acondicionado de la Prendería Nakano era un enorme aparato viejo que hacía un ruido infernal cada vez que se ponía en marcha. «Este aparato es como una mujer —había dicho un día el señor Nakano—. Se enfada de repente y empieza a regañarte. Cuando ya te ha dicho lo que quería, se tranquiliza y tú crees que todo ha terminado, pero siempre vuelve a enfadarse cuando menos te lo esperas».

Takeo soltó una carcajada al oír la comparación del señor Nakano. Como había sido unos días antes del asunto de la maja desnuda, yo también me eché a reír despreocupadamente. En ese momento, el aire acondicionado empezó a rugir más fuerte. Intercambiamos una mirada y prorrumpimos de nuevo en sonoras carcajadas que resonaron al unísono.

El señor Nakano encendió el segundo cigarrillo. A pesar de que la temperatura exterior rondaba los treinta grados, tenía la espalda encorvada como si tuviera frío. El silencio reinaba en el interior de la tienda. Desde que el verano había empezado a dar sus últimos coletazos, la clientela se había retirado temporalmente. La acera estaba desierta, y no se veía ni un solo coche cruzando la calle. El señor Nakano estornudó, pero no lo oí. El aire acondicionado hacía más ruido de lo que creía, pero tenía el oído acostumbrado y me parecía que todo estaba silencioso.

Observé distraídamente los movimientos del señor Nakano como si estuviera viendo una película muda. Se puso el tercer cigarrillo entre los labios, pero pareció dudar un instante antes de encenderlo y terminó guardándolo de nuevo en el paquete. Sin embargo, el paquete estaba arrugado y no conseguía introducirlo. Mientras seguía intentándolo desesperadamente, encorvó aún más la espalda y su sombra también se redondeó.

Al final, ante la imposibilidad de guardar el cigarrillo, se lo puso de nuevo entre los labios y echó un vistazo a su alrededor. Su sombra también volvió la cabeza siguiendo sus movimientos, pero reaccionó con más lentitud.

Un gato pasó por delante del señor Nakano. Él le dijo algo mientras lo observaba. Últimamente un gato se había acostumbrado a hacer pis delante de la tienda. Cada vez que eso ocurría había que limpiarlo a fondo.

—El pis de gato huele fatal —decía el señor Nakano, visiblemente contrariado, mientras frotaba a conciencia con una escoba rígida de madera. El señor Nakano y yo sospechábamos que ese gato blanco y negro era el que se hacía pis delante de la tienda, pero Takeo le daba comida a escondidas. Dejaba un pequeño cuenco lleno de pienso en el garaje de la parte trasera, donde aparcaba la camioneta. El gato aparecía sin falta a partir de las cuatro de la tarde. A las seis, cuando el señor Nakano volvía de recoger material o del mercado, el cuenco estaba vacío.

Takeo le había puesto el nombre de Mimi. Cuando llamaba al gato, su voz sonaba mucho más cariñosa que cuando pronunciaba mi nombre.

No vino ningún cliente en todo el día. En un negocio como el del señor Nakano, a diferencia de las lujosas tiendas de antigüedades, siempre aparecían como mínimo tres o cuatro personas, aunque no compraran nada.

—*Pues eso* —dijo el señor Nakano cuando ya estábamos a punto de cerrar. En pleno verano teníamos luz hasta última hora, pero hacía unos días que el sol se ponía en un abrir y cerrar de ojos, y cuando empezaba a oscurecer, refrescaba un poco, no como a principios de septiembre.

—¿Qué? —pregunté. Hacía mucho tiempo que el señor

Nakano no decía su habitual «*pues eso*», pero aquel día no estaba de humor para reír. Desde que Takeo y yo habíamos dejado de hablarnos, cualquier estímulo auditivo o visual me dejaba indiferente, y eso me ponía de muy mal humor.

—¿Es cierto que todas las mujeres sois unas pervertidas? —me preguntó el señor Nakano, iniciando la conversación sin preámbulos como de costumbre.

—¿Cómo que pervertidas? —inquirí. Pensaba ignorarlo, pero como apenas había hablado con nadie en todo el día, me apetecía intercambiar cuatro palabras.

—El otro día encontré un escrito muy raro que tenía *ella* —prosiguió el señor Nakano dejándose caer en una silla americana de finales del siglo XIX, una auténtica antigualla de las que no solían encontrarse en la tienda. Era un delicado mueble con una filigrana grabada en el respaldo. El señor Nakano la utilizaba sin miramientos, pero seguro que habría puesto el grito en el cielo si Takeo o yo nos hubiéramos sentado en ella.

—¿Qué tipo de escrito? —le pregunté, sospechando que la mujer a la que se refería era Sakiko. Él empezó a mover nerviosamente las piernas.

—Pues verás… —dijo, pero se interrumpió antes de terminar.

—¿Era una carta o algo así? —le pregunté, al ver que le costaba continuar.

—No, no era una carta.

—¿Un dibujo, entonces?

—Tampoco era un dibujo.

Intenté evocar el rostro de Sakiko. Por alguna misteriosa razón, no conseguí recordar a la mujer que conocí cuando apuñalaron al señor Nakano y fui a visitarlo al hospital. En vez de visualizar su cara, cuando pensé en ella me vino a la memoria su voz ahogada en llanto, mucho más ronca y apagada de lo que pensaba.

—Dice que no es una historia real —dijo al fin el señor Nakano. Entonces recordé la cara de Sakiko en el momento en que entraba en el hotel con mi jefe. Se había vuelto bruscamente durante apenas un segundo, pero la impresión que me causó su rostro se había quedado grabada en mi mente. Sin embargo, no sabía si ese era su verdadero rostro o si mi memoria habría deformado la imagen de Sakiko.

—¿Qué clase de historia era?

—Un relato muy erótico.

—¿Ah, sí? —exclamé, sin acabar de entenderlo—. ¿Y qué relación hay entre la mujer y el relato?

—*Pues eso* —dijo el señor Nakano con aire preocupado, mientras movía las piernas frenéticamente—. Lo había escrito ella. Era una especie de novela que se había inventado.

—¿De veras? ¡No sabía que Sakiko fuera escritora! —exclamé sin pensar.

—¡Pero bueno! ¿Y tú cómo sabes su nombre? —se sorprendió el señor Nakano, dejando de mover las piernas bruscamente.

—Porque nos conocimos en el hospital.

—Pero no recuerdo haberte dicho que fuera mi... en fin, ¡que fuera *ella*!

—¡Es que saltaba a la vista! Se echó a llorar como una Magdalena —dije, y el señor Nakano puso cara de perplejidad. Era todo un personaje.

—Tienes razón —susurró luego.

—¿Utiliza algún seudónimo?

—No. Y, en primer lugar, deberías saber que no tengo una aventura con una escritora.

—Pero usted mismo acaba de decir que Sakiko escribe novelas, ¿no es así?

—No he dicho que fuera una novela, sino una especie de novela. Además, no tiene argumento.

—¿Es muy erótica?

—Solo salen escenas de sexo —suspiró el señor Nakano.

—¿Como si fuera el guion de una película para adultos? —insinué tímidamente.

—¿Acaso tienen guion esa clase de películas? Yo creo que

graban lo que les da la gana y luego hacen el montaje según les conviene.

—Pues a mí me han dicho que hay algunas bastante artísticas.

—Yo las prefiero simples, que sean fáciles de entender.

La conversación se había ido por otros derroteros. El señor Nakano apoyó bruscamente el tronco en el respaldo de la silla antigua y clavó la mirada en el techo. El respaldo se arqueó. Estuve a punto de llamarle la atención, pero al final me contuve. Una vez, mientras el señor Nakano estaba desempolvando un pequeño jarrón con el plumero, vi que el jarrón estaba a punto de caerse y grité: «¡Cuidado!». El jarrón se cayó y se rompió. El señor Nakano no me culpó nunca, pero saqué la conclusión de que era mejor no llamarle la atención mientras estaba quitando el polvo. Masayo solía decir que nunca sirve de nada que te adviertan del peligro, por eso ella se gastaba todo su dinero sin remordimientos. ¿Qué tendría que ver una cosa con la otra?

En parte quería conocer más detalles sobre el relato erótico que había escrito Sakiko, pero por otro lado prefería ignorarlo. El señor Nakano seguía sin hablar. El respaldo de la silla emitió un sospechoso crujido.

El señor Nakano quería ir a una subasta en Kawagoe que tenía lugar a primera hora de la mañana del día siguiente, así que me quedé la llave de la tienda para poder abrir. Cuando llegué, subí la persiana, coloqué los artículos reclamo en el banco y entré en la trastienda para guardar la llave. Encima de la caja fuerte había una nota que decía: «Hitomi, lee esto y dime qué te parece». Desvié la mirada de la nota, que el señor Nakano había escrito en rotulador azul con su caligrafía desastrosa, y vi unas hojas de papel de borrador. Eran las típicas hojas de la marca Kokuyo que nos repartían en el colegio para escribir las redacciones. En cada hoja cabían cuatrocientos caracteres, delimitados por una cuadrícula marrón.

La primera estaba vacía. Cogí el manuscrito, pasé la página

y vi que el texto empezaba en la segunda hoja, después de cinco líneas en blanco. Leí el principio en voz alta: «No te apartes...». Estaba escrito con una bonita caligrafía que parecía proceder de una pluma estilográfica de punta fina y tinta negra. «No te apartes de la línea central», continuaba la narración. «Desde la frente, el puente de la nariz, los labios, el mentón, el cuello», leí, mientras pensaba que no había nada erótico en esas palabras. Sin embargo, a partir de la tercera línea fui incapaz de seguir leyendo en voz alta. El relato seguía así:

No te apartes de la línea central. Desde la frente, el puente de la nariz, los labios, el mentón, el cuello, los pechos, el estómago, el ombligo y el clítoris hasta la vagina y el ano. Quiero que tu dedo me repase silenciosamente. Despacio, una y otra vez, sin pausa, moviéndose sin parar. Pero, sobre todo, que no se aparte de la línea central de mi cuerpo. Cuando tu dedo se deslice entre mis pechos, no quiero que se desvíe hacia el pezón, ni hacia la parte más estrecha de mi cintura. Que continúe siguiendo una y otra vez mi línea central. Todavía llevo la ropa interior puesta. Introduce tu dedo por debajo, sin desviarte del centro, y deslízalo con mucho cuidado por encima del clítoris, la vagina y el ano, pero no te detengas en ninguno de estos lugares. No frotes, no aprietes, no apliques la menor fuerza. Tienes que ser un poco más pesado que una pluma y un poco más ligero que una gota de agua resbalando por mi piel, no debes romper ese equilibrio. Solo quiero que repases la suave línea de mi cuerpo, desde la frente hasta la rabadilla, con tu lascivo dedo corazón.

Mientras leía, tragué saliva un par de veces. Aquel erotismo no tenía nada que ver con lo que había imaginado. Sin embargo, en ese instante conseguí visualizar nítidamente el rostro de Sakiko. No solo la imagen fugaz de cuando se había vuelto antes de entrar en el hotel, sino también su cara hinchada por el llanto en la habitación del hospital: visualicé su verdadero rostro con absoluta claridad.

Entró un cliente. Puse el manuscrito boca abajo precipitadamente y lo escondí al lado de la caja registradora. Le deseé los buenos días en un tono más alto al habitual, y él me miró sorprendido. Era un estudiante que vivía en el barrio y venía con frecuencia. Me devolvió el saludo a regañadientes, con un golpe de mentón. Dio una vuelta alrededor de la tienda y se fue enseguida.

—Lo siento, Hitomi —dijo el señor Nakano nada más llegar.
—¿Por qué se disculpa? —le pregunté, enarcando las cejas.
—Mientras estaba en Kawagoe, me he dado cuenta de que a lo mejor estaba cometiendo acoso sexual —me explicó, quitándose su gorra verde.

Se había rapado el pelo a principios de septiembre. «Haruo se está quedado completamente calvo —había dicho Masayo, pero la cabeza del señor Nakano tenía una forma bastante bonita—. A lo mejor es uno de esos hombres que resultan más atractivos cuando se quedan calvos como una bola de billar», añadió con admiración, y su hermano puso cara de ofendido.

—En realidad, sí que es acoso sexual —repuse gravemente. El señor Nakano me miró sin parpadear. Su camisa desprendía un ligero olor a polvo. Al estar en contacto con objetos que llevaban mucho tiempo encerrados, siempre volvía de las subastas lleno de polvo—. Por cierto, ¿ha comprado algo que merezca la pena? —le pregunté, intentando aparentar normalidad. Su rostro se iluminó de repente.

—¿Qué te ha parecido, Hitomi? —inquirió, ignorando mi pregunta.

—¿A qué se refiere? —disimulé. Me había pasado toda la mañana leyendo el manuscrito de Sakiko. Era una historia increíble. Me preguntaba si la narradora, que hablaba en primera persona, era la misma Sakiko. Relataba punto por punto el acto sexual, de forma explícitamente lasciva y de principio a fin, desde los juegos preliminares hasta los poscoitales. A lo largo del relato, la narradora tenía por lo menos doce orgasmos. Lo leí ávidamente, sin poder despegar los ojos del manuscrito. Mientras tanto, entraron cinco clientes que también se fueron sin comprar, quizá asustados ante el ardor que yo desprendía, de modo que aquella mañana no habíamos vendido nada.

A la hora de comer, cuando salí a comprarme un bocadillo, me llevé el manuscrito de Sakiko y lo fotocopié. Tuve que acallar mis remordimientos de conciencia recordándome que no era yo quien le había pedido a mi jefe que me dejara leer el relato. La intensa luz blanca de la fotocopiadora se escapaba entre los bordes de la tapa que presionaba las hojas y me deslumbraba.

—No me tengas en vilo, Hitomi. Lo has leído, ¿verdad? —insistió el señor Nakano, mirando de soslayo el manuscrito que estaba junto a la caja registradora.

—Bueno, sí —confesé—. ¿Usted siempre tiene esa clase de relaciones? —le pregunté a continuación, intentando que mi voz sonara lo más natural posible.

—Ahora eres tú quien me está acosando sexualmente —bromeó él, haciendo una mueca.

—Entonces ¿es cierto? —lo apremié.

—¡Yo no sería capaz de hacer todas esas cosas!

—¿De veras?

—Mis relaciones sexuales son..., ¿cómo te lo diría? Más directas —dijo él, frotándose la frente con la palma de la mano. Como llevaba el pelo rapado, se oyó un ligero roce.

—¿Los adultos siempre se complican tanto la vida para hacer el amor? —le pregunté, mirándolo fijamente. En cualquier caso, en el relato que había escrito Sakiko los dos protagonistas se lamían todos y cada uno de los rincones del cuerpo, practicaban todas las posturas imaginables, emitían toda clase de obscenos gemidos y se abandonaban con lujuria a todos los placeres existentes.

—No lo sé —me respondió alicaído—. Desde que leí ese

relato, he perdido la confianza en mí mismo —añadió, parpadeando. De repente, el olor a polvo procedente de su ropa azotó mi olfato.

—Entonces las relaciones sexuales que usted practica son más simples, ¿no? —le pregunté sin pensar, movida por la curiosidad.

—Bueno, yo ya soy mayor, entonces pasa lo que pasa, ¿comprendes? De todos modos, la verdad es que no se me dan bien los..., ¿cómo llamarlos...? *Pues eso*, los rodeos y las florituras.

En realidad, y utilizando las palabras del señor Nakano, el relato de Sakiko era muy..., ¿cómo decirlo...? *Pues eso*, muy literario.

—Por cierto, ¿qué ha comprado hoy? —le pregunté para cambiar de tema. Pero él permaneció con la mirada perdida, ignorando mi interés por la subasta de aquella mañana. Hizo ademán de sentarse en la misma silla antigua del día anterior, pero vaciló unos instantes. Luego se dejó caer en una silla de tres patas con un asiento de piel artificial, que estaba desequilibrada y llevaba mucho tiempo en la tienda sin que nadie la comprara.

Un motor rugió en la parte trasera de la tienda. Debían de ser Takeo y Masayo, que lo había acompañado con la intención de documentarse para diseñar una nueva colección de muñecas. Takeo había ido a recoger material en una casa cuyo dueño, un diplomático jubilado, acababa de fallecer.

—Hemos encontrado dos cuadros de Shinsui Ito —dijo Masayo, mientras entraba en la tienda derrochando vitalidad. El señor Nakano levantó la cabeza, absorto. Takeo entró detrás de Masayo. Después de dirigirle un breve vistazo a su hermana, el señor Nakano agachó la cabeza de nuevo. Yo miraba a otro lado desde que Takeo había entrado. Llevaba cinco días sin mirarle a la cara.

—Pero ¿qué ha pasado aquí? —exclamó Masayo, con su enérgica voz. Takeo se quedó plantado detrás de ella con el rostro inexpresivo. Levanté la vista por un instante y nuestras miradas se cruzaron. Mi cara se ensombreció instintivamente, pero él ni siquiera se inmutó.

Una vez en casa, mientras vertía agua hirviendo en un tarro de fideos instantáneos, sonó el teléfono. «Qué oportuno», gruñí. Descolgué y sujeté el auricular entre el hombro y la oreja.

—Soy Kiryu, ¿eres Suganuma? —dijo una voz al otro lado de la línea.

—¿Cómo? —pregunté.

—Soy Kiryu. ¿Hablo con Suganuma? —repitió la voz.

—¿Qué quieres? —le espeté, huraña. La persona que me había llamado no respondió—. ¿Para qué me llamas? —añadí, en un tono aún más abrupto. Después de una breve pausa, mi interlocutor carraspeó—. No sabía que tu apellido fuera Kiryu —dije, al ver que Takeo seguía callado.

—Creía que ya lo sabías.

—Quizá me lo has dicho alguna vez —concedí. En realidad lo sabía perfectamente, pero me irritaba reconocerlo.

—Quería pedirte perdón por haberte dibujado desnuda sin permiso —se disculpó en un tono monótono, como si estuviera leyendo un guion. Sonó como si hubiera ensayado mil veces cómo decir aquellas palabras, como si hubiera probado a pronunciarlas en voz alta hasta que, al final, habían perdido todo el sentido.

—Está bien —repuse en voz baja.

—Lo siento.

—No importa —dije, un poco triste al oír que se disculpaba por segunda vez.

—Lo siento.

No le respondí, y Takeo tampoco dijo nada. Mi mirada se posó inconscientemente en la manecilla que marcaba los segundos en el pequeño reloj que tenía frente al teléfono. Se desplazó lentamente desde el 6 hasta el 11.

—Se me van a pasar los fideos —dije, al mismo tiempo que Takeo me decía:

—¿Sabes? Me gusta…

—¿Qué es lo que te gusta?

—…tu cuerpo desnudo —terminó él, con una voz casi inaudible.

—No lo he oído, ¿puedes repetirlo? —le pedí.

—No puedo —me respondió él.

—Estaba preparándome unos fideos instantáneos —le dije.

—Claro —repuso él—. Lo siento —repitió por última vez, y colgó.

Cogí el auricular con la otra mano, consulté el reloj y vi que la manecilla de los segundos estaba de nuevo en el 6.

La observé un rato, hasta que dio unas cuantas vueltas a la esfera. Luego me acordé de los fideos y abrí la tapa. Tal y como suponía, se habían bebido toda el agua y estaban hinchados.

Al día siguiente, el otoño llegó de forma inesperada. El calor se fue y el cielo parecía mucho más grande.

Cuando terminó el verano, los mercados empezaron a proliferar en todos los rincones de la región de Kanto, así que el señor Nakano andaba muy ocupado. Aquel día había ido con Takeo al mercado, y Masayo, que solía venir a la tienda aproximadamente cada tres días, también estaba ocupada preparando una exposición de muñecas prevista para el mes de noviembre.

Por extraño que pudiera parecer, fue un día redondo. Aunque solo vendimos objetos pequeños, el total llegó a sobrepasar los 300.000 yenes. Normalmente, cuando sabía que el señor Nakano no iba a venir en todo el día, dejaba el dinero en la caja, cerraba la tienda y le devolvía la llave a Masayo. Ese día, sin embargo, me daba cierto reparo dejar 300.000 yenes en la caja, así que me quedé en la tienda después de cerrar.

Salí a la calle, bajé la persiana, fui hasta la puerta trasera y la cerré con llave. En la estancia del fondo, en el lugar donde teníamos el brasero antes de que alguien lo comprara, había una gran mesa bajita. Aunque estaba en venta, solíamos utilizarla al mediodía, cuando nos turnábamos para comer.

«No os preocupéis si derramáis la sopa —solía decir el señor Nakano—, con un poco de sabor se venderá mejor».

Me tomé un té sentada ante la mesita, me preparé otro a continuación y un tercero, que salió muy aguado, pero el señor Nakano no volvía. Le dejé un mensaje en el buzón de voz de su móvil avisándolo de que me había quedado en la tienda para que llamara a la puerta trasera en cuanto regresara, pero pensé que tal vez no lo escucharía y me quedé un poco preocupada.

Abrí la puerta trasera y eché un vistazo al garaje. La camioneta no estaba. Saqué del bolso de tela que siempre llevaba encima la copia de la «especie de novela» que había escrito Sakiko. Releí distraídamente la frase que decía: «Al principio, gritaba con una voz aguda cuando alcanzaba el orgasmo. Luego, mi voz se fue volviendo progresivamente más grave y áspera». De hecho, desde el mes de septiembre el señor Nakano ya no iba al banco con tanta frecuencia.

Sonó el teléfono. Me dirigí hacia la caja registradora mientras dudaba entre descolgar o dejar que siguiera sonando. Como las luces de la tienda estaban apagadas, avancé lentamente para no tropezar con nada.

El teléfono seguía sonando. Cuando ya había sonado quince veces, descolgué antes de que la llamada se cortara.

—Soy yo —dijo una voz al otro lado de la línea, sin darme tiempo a responder.

—¿Quién? —pregunté. La voz enmudeció, y algo me dijo que se trataba de Sakiko—. El señor Nakano ha ido al mercado de Fujisawa y todavía no ha vuelto —le dije, tan serenamente como pude.

—Gracias —repuso ella—. Eres Suganuma, ¿verdad? —dijo, después de una breve pausa. En dos días me habían llamado por mi apellido más veces que en todo el tiempo que llevaba trabajando para el señor Nakano.

—Sí, yo misma.

—¿Has leído lo que escribí? —me preguntó ella.

—Sí —admití con franqueza.

—¿Qué te ha parecido? —quiso saber.

—Genial —reconocí, imitando la brusca forma de hablar de Takeo. Ella soltó una risita.

—Por cierto —dijo luego, con el tono desenvuelto que debía de utilizar cuando llamaba a sus amigas—, ¿no te parecen muy eróticas las antiguas muñecas de celuloide?

—¿Cómo? —exclamé.

—Desde que era pequeña, los brazos y piernas de las muñecas de celuloide siempre me han excitado con sus articulaciones giratorias —prosiguió.

Me quedé callada, incapaz de reaccionar. Ella tampoco dijo nada más.

Cuando volví en mí, Sakiko ya había colgado el teléfono y yo estaba de pie en la penumbra de la tienda, con el auricular en la mano.

—Celuloide —susurré. Me costó un poco pronunciar las dos sílabas centrales, «lu-lo».

Colgué el teléfono y regresé a la trastienda. Yo nunca había tenido muñecas de celuloide. Cuando era pequeña, la mayoría de las muñecas eran de plástico y les ponía nombres extranjeros como *Jenny*, *Sheila* o *Anna*, aunque todavía me pregunto por qué.

Eché de nuevo un vistazo al relato de Sakiko y mis ojos se detuvieron en la palabra *coño*. Era la escena en que la narradora obligaba a su pareja a pronunciar esa palabra en voz alta. «Eso sí puede hacerlo el señor Nakano», pensé, y guardé las fotocopias en el bolso de tela. El fluorescente del techo me deslumbró y me tapé los ojos con la mano.

La máquina de coser

—Tenemos un Seiko Matsuda para vender —anunció el señor Nakano.

—¿De qué época? —preguntó el señor Tokizo.

—Finales de los setenta —dijo mi jefe, hojeando la agenda, que solía estar delante del teléfono. En una de las páginas, Takeo había escrito: «Seiko. Finales de los setenta». Tenía una caligrafía pulida y delicada que no encajaba con su forma de hacer las cosas.

—Colgaremos una fotografía y yo mismo me encargaré de la descripción —dijo rápidamente el señor Tokizo—. Mándamelo todo por *e-mail*.

Cuando el señor Tokizo no estaba, Masayo lo llamaba «don Grulla», porque estaba delgado como una grulla y tenía aires de aristócrata.

—Dicen que fue a la universidad privada de Gakushuin —me dijo un día Masayo en tono de confidencia.

—¡Vaya! ¿A Gakushuin? —repuse, sorprendida.

—Sí, eso dicen —corroboró ella en el mismo tono que yo.

Era imposible determinar la edad del señor Tokizo. A veces parecía que tuviera sesenta y cinco años, mientras que otras veces juraría que había rebasado los setenta o incluso que rondaba los noventa.

—Seguro que tiene más de sesenta y cinco —dijo Masayo—, porque un día me enteré de que cobra la pensión de jubilación.

—¿Acaso te gusta el señor Tokizo, hermanita? —bromeó el señor Nakano.

—¿Qué insinúas? —exclamó ella, enarcando sus bonitas cejas en forma de luna creciente.

—Lo digo porque pareces muy interesada en él.

—Eso no es verdad —replicó Masayo, y le giró la cara con aire ofendido.

Me pregunté si el señor Nakano tendría razón. Mientras tanto, contemplaba distraídamente el perfil de Masayo. En su cara no había ni rastro de vello. Un día le pregunté si se depilaba, pero me dijo que no. «Lo que pasa es que tengo el vello muy fino —repuso—. En las partes bajas apenas tengo pelo». «¿De veras?», exclamé sorprendida, levantando la mirada, pero ella no se inmutó. El señor Nakano tampoco pareció sorprendido. Eran dos auténticos personajes.

—Si tiene algún defecto, tendremos que bajar el precio de venta, aunque los pósters a tamaño real de cantantes pop no son fáciles de encontrar.

—No importa que el precio de salida sea bajo, ya subirá más adelante.

Los dos hombres discutían acerca de los artículos que subastarían a través de Internet gracias a la página web del señor Tokizo. Últimamente, el porcentaje de ventas *on-line* de la Prendería Nakano se había incrementado bastante.

—Es arriesgado dejarlo en manos de otras personas, deberías ocuparte personalmente de administrar la página web —le decía Masayo a su hermano, pero el señor Nakano no parecía dispuesto a tocar un ordenador y se lo encargaba todo al señor Tokizo. Quizá confiaba tanto en él porque era pariente de Sakiko, según me había dicho Takeo.

—Entonces el señor Nakano se mueve en un círculo muy estrecho —observé.

—El mío es aún más estrecho —repuso Takeo después de pensar un rato—. Solo te tengo a ti y a mi difunto perro.

—¿A tu difunto perro? —le pregunté.

—Sí —asintió él, y yo me sentí triste y contenta a la vez.

Fue Takeo quien trajo a la tienda el póster a tamaño real de la cantante pop. Era un cartel publicitario de los años veinte que llevaba un refuerzo de cartón por detrás. La famosa cantante anunciaba una máquina de coser.

—¿Esta no es Seiko Matsuda? —preguntó el señor Nakano, contento.

—Es de un antiguo compañero de instituto que coleccionaba objetos de sus ídolos, pero esto no lo considera una pieza de coleccionista —dijo Takeo, mientras entraba en la tienda con el enorme póster bajo el brazo.

—La gente se asustará cuando entre y se encuentre con un póster a tamaño real delante de sus narices —opinó Masayo.

—Creo que se llaman «pósters al natural» —repuso el señor Nakano, observando fijamente el rostro de Seiko Matsuda—. ¿Te ha salido gratis? —le preguntó a Takeo.

—Me ha dicho que me lo vendía por 5.000 yenes.

—¿No te lo ha regalado? ¡Será tacaño! —gritó el señor Nakano, dándose una palmada en la frente.

Sin decir nada, Takeo tendió el póster de Seiko Matsuda en el tatami. El color de su flequillo ondulado y de los mechones que le caían sobre las orejas había empalidecido con el tiempo y había perdido calidad.

—Es muy guapa —opiné, y nuestro jefe asintió.

—Yo tenía varios discos suyos —dijo.

—¿Ah, sí? —pregunté brevemente.

—A mi edad, comprarse un disco de Seiko Matsuda tiene un significado diferente.

—¿En qué sentido?

—Para mí tiene un aire nostálgico, algo kitsch.

Mientras el señor Nakano hablaba, Takeo desapareció en la trastienda.

—¿Ah, sí? —respondí de nuevo brevemente.

—Cuando oyes la palabra *ayu*, piensas en los placeres eclécticos del mundo, ¿verdad? —prosiguió el señor Nakano. Yo susurré el nombre de aquel pez tan apreciado en Japón.

—*Ayu*… ¿No es el apodo de la cantante Ayumi Hamasaki? —le pregunté, imitando a propósito la forma de hablar desmañada de Takeo. El señor Nakano dejó caer las manos a ambos lados del cuerpo. Estuve a punto de preguntarle qué significaba *ecléctico*, pero me callé porque no quería atormentarlo más.

—Dejémoslo —murmuró. Acto seguido, desapareció detrás de Takeo.

El póster a tamaño real de Seiko Matsuda quedó tendido boca arriba encima del tatami. La cantante, con una amplia sonrisa, apoyaba una mano en una máquina de coser y la otra en su pecho.

—*Ayu*… —dije de nuevo, meneando la cabeza.

—Solo falta pasar el estropajo —dijo Takeo.

—¿El estropajo? —le pregunté.

—Para limpiar.

—¿Por qué no utilizas la escoba?

—Con el estropajo puedo rascar más fuerte.

Había que limpiar el pis que el gato se había hecho en la entrada. Últimamente lo hacía cada vez con más frecuencia, por lo menos tres veces al día. En la esquina de la tienda había una mata de almorejo que crecía a través de una grieta del asfalto y que se había convertido en un retrete ideal para ese gato.

—¿Y quién se supone que va a fregar con el estropajo?

—Uno de los dos.

—A mí me da asco.

—Pues lo haré yo.

Takeo me miró de reojo.

—No he dicho que no quisiera hacerlo, solo he dicho que me daba asco fregarlo con el estropajo. Si quieres, lo hago con la escoba de madera.

—No importa.

La mirada de Takeo era muy penetrante. Por un instante incluso me pareció que me estaba mirando mal, y me ofendí.

—¿Aún le das comida? —le pregunté. A pesar de los problemas que teníamos con el gato, Takeo seguía dejándole comida en el garaje.

—El gato que viene a comer no es el mismo que se hace pis en la entrada.

—¡Eso no lo sabes! —le espeté. Takeo no dijo nada, pero su cuerpo se tensó. Me arrepentí en el acto.

En la tienda teníamos una lista de la compra. «Dos cuencos medianos, tierra volcánica», había anotado Masayo. Justo debajo, el señor Nakano había escrito: «3 rollos de esparadrapo, 1 rotulador negro grueso, galletitas con sabor a curry».

—En la ferretería no venderán galletitas con sabor a curry, ¿verdad? —le pregunté a Takeo, pero él permaneció en silencio.

Sonó el teléfono. Él estaba más cerca que yo. Esperé a que sonara cuatro veces y, al ver que no hacía ademán de cogerlo, descolgué el auricular y pregunté quién era. Tras una breve pausa, la persona que había llamado colgó.

—Han colgado —dije en tono de broma, pero tampoco obtuve respuesta.

Los últimos calores del verano por fin habían remitido y el cielo llevaba unos días limpio y despejado, con algunas nubecitas flotando en lo más alto. Aquel día, el señor Nakano había ido de nuevo al mercado de Kawagoe. «Quiero preguntar el precio del póster de Seiko», había dicho mientras subía a la camioneta.

—Los gatos son preciosos —dije, intentando sonar alegre para retomar la conversación.

—¿Tú crees? —dijo al fin Takeo.

—A mí me gustan.

—No es para tanto.

—¿Por qué les das comida, entonces?

—Por nada.

—¿Qué te pasa? —grité—. ¿Qué he dicho para que te pongas así?

Una abeja entró zumbando a través de la puerta abierta. Con la cabeza gacha, Takeo siguió sus movimientos de reojo. La abeja salió enseguida.

—Nada —dijo él. Luego dobló en silencio la lista de la compra, se la guardó en el bolsillo trasero del pantalón y se volvió de espaldas a mí.

—¿Llevas dinero? —le pregunté.

—Sí —repuso sin mirarme. Su voz tranquila me enfureció aún más, y tuve ganas de decirle auténticas barbaridades.

—No pienso volver a quedar contigo —grité, y él se volvió—. ¡No volveremos a quedar!

Me pareció que profería una exclamación de sorpresa, pero su voz no alcanzó mis oídos. Estuvo un rato inmóvil, hasta que me dio la espalda de nuevo y salió de la tienda a paso ligero. «¡Espera!», quise gritarle, pero la voz no me salió.

No comprendía por qué me había dado aquel pronto. La abeja volvió a entrar. En vez de salir inmediatamente como había hecho antes, dio unas cuantas vueltas alrededor de la tienda. Se acercó zumbando al mostrador e intenté ahuyentarla con la toalla del señor Nakano, que colgaba del respaldo de la silla, pero me limité a dar palos de ciego. La abeja siguió sobrevolando tranquilamente la tienda con sus brillantes alas.

—Se ve que el póster de Seiko anunciando el Walkman II ha subido de precio y ronda los 270.000 yenes —dijo el señor Nakano, con los ojos como platos.

En el mercado de Kawagoe le había preguntado a un comerciante del gremio acerca de los precios de los anuncios protagonizados por cantantes.

—¿270.000? —exclamó Masayo con cara de asombro. A pesar de que eran hermanos, Masayo y el señor Nakano no se parecían en nada, salvo cuando se sorprendían y abrían los ojos de par en par. Entonces eran como dos gotas de agua.

—Por lo visto, los anuncios de Junko Sakurada y de Okae Kumiko son casi igual de caros.

—Parece mentira —dijo Masayo, meneando la cabeza con incredulidad.

Últimamente, con la excusa de que estaba preparando la exposición de muñecas, venía a la tienda cada día. «Esta tienda me inspira», decía, y se quedaba casi toda la tarde. Gracias a ella, aquel mes vendimos mucho. Por alguna razón que nunca supe explicarme, cuando Masayo estaba detrás del mostrador los clientes compraban más, como si ejerciera un poderoso influjo sobre su voluntad.

—Entonces el anuncio de la máquina de coser rondará los 200.000 yenes, ¿no? —dedujo Masayo.

El póster de Seiko Matsuda que había traído Takeo estaba apoyado en un rincón de la trastienda. «Esta chica sujeta la máquina de coser como si no pesara nada —decía Masayo, notablemente admirada—. Los famosos son gente extraordinaria», añadía. Siempre conseguía sorprenderme con sus comentarios.

—Como tiene un pliegue a la altura de la cadera, no creo que podamos venderlo por tanto dinero, pero por 100.000 yenes quizá sí —repuso el señor Nakano, manteniendo la calma. Dos días antes había reemplazado su fina gorra de punto por un gorro de lana. «Ya se acerca el invierno», había dicho el día anterior uno de nuestros clientes habituales al ver el gorro del señor Nakano—. ¿Tú qué opinas, Hitomi? —me preguntó, y yo levanté la mirada.

Aquella mañana le había mandado un *e-mail* a Takeo, pero no había obtenido respuesta. El día anterior, Takeo fue a la ferretería y ya no volvió a la tienda. Estuve haciendo tiempo y me quedé hasta las ocho, pero no apareció en toda la tarde.

Al parecer, aquella mañana había llegado temprano para dejar las cosas que había comprado en la ferretería, pero yo llegué un poco más tarde de lo habitual y ya no coincidí con él.

—No ha comprado las galletitas —se lamentó el señor Nakano, haciendo una mueca. El pompón de su gorro de lana se balanceó.

—¿Quiere que vaya yo? —me ofrecí.

—Sí, por favor —dijo él, y me dio algunas monedas—. Quédate con el cambio y cómprate lo que quieras.

Masayo se echó a reír al ver que me trataba como si fuera una niña pequeña.

Salí de la tienda y me dirigí a una vieja panadería de las afueras del distrito comercial. Eché un vistazo al móvil mientras caminaba. No había recibido ningún *e-mail*. Como iba distraída comprobando el correo, tropecé con una bicicleta aparcada en la calle y la tiré al suelo. Cuando me disponía a levantarla, oí un chirrido y me di cuenta de que el caballete estaba torcido. Solté precipitadamente la bicicleta, que se cayó al suelo otra vez. Aunque intenté levantarla de nuevo, el caballete deformado ya no podía sostenerla, así que la dejé apoyada en un poste telefónico y me alejé sin perder más tiempo. Justo en ese momento, alguien me llamó al móvil.

—¿Diga? —repuse, malhumorada.

—¿Suganuma? —preguntó una voz.

—No me llames por mi apellido.

—Es que no quiero llamarte de otra forma.

—¡Entonces no me llames al móvil! —grité.

Me volví al oír un ruido a mi espalda y vi que la bicicleta se había caído otra vez. Decidí desentenderme del asunto y eché a andar a grandes zancadas.

—No grites, por favor —me pidió Takeo.

—No gritaría si no me dijeras esas estupideces.

Intenté acordarme del contenido del *e-mail* que le había mandado por la mañana: «¿Cómo estás? Lo que te dije ayer no estuvo bien, te pido disculpas si te ofendí».

—Eres tú la que dijo estupideces. Si no lo pensabas en serio, no tenías por qué decirlo —me reprochó él en voz baja.

—¿El qué? —le pregunté.

—Lo de que no volveríamos a quedar.

—¡Pues claro que no lo pensaba en serio! —le aseguré, suavizando un poco mi tono de voz. Sonreí por un instante, pero mi expresión pronto se endureció de nuevo.

—Estoy enfadado —dijo Takeo sin levantar la voz.

—¿Cómo? —le pregunté.

—No vuelvas a llamarme ni a mandarme *e-mails* —prosiguió.

—¿Qué? —exclamé, conteniendo el aliento.

—Adiós.

Justo después oí un pitido continuo. Takeo había colgado.

No entendía nada. Desconcertada, llegué a la panadería y compré las galletitas. Con el dinero que me sobró, me compré dos cruasanes pequeños. Emprendí el camino de vuelta a la tienda sujetando la bolsa de la panadería contra el pecho. La bicicleta seguía en el suelo. Cuando llegué, Masayo y el señor Nakano estaban en la trastienda, desternillándose de risa. Señalé la bolsa de las galletitas sin decir nada.

—Te dije que las quería con sabor a curry y no con sabor a consomé —se quejó.

—Pues habértelas comprado tú mismo —le espetó Masayo. Yo asentí mecánicamente. Saqué los cruasanes de la bolsa mecánicamente, me preparé un té mecánicamente, me llevé un cruasán a la boca mecánicamente y me lo tragué mecánicamente. «Me pregunto si Takeo estará enfadado de verdad», susurré mirando al techo. «¿Por qué? ¿Por qué se habrá enfadado?», pregunté en vano.

El señor Nakano y su hermana se habían ido sin que me diera cuenta. Llegó un cliente y le di la bienvenida. El sol se puso mecánicamente. Consulté el registro de la caja y vi que habíamos vendido un total de 53.750 yenes. Sin embargo, no recordaba cuándo. Una ráfaga de aire frío irrumpió en la tienda. Me levanté mecánicamente y me dirigí a la entrada para cerrar la puerta de cristal.

—Le habrás pisado la cola, Hitomi —me dijo Masayo.

—¿La cola? —le pregunté.

—Los perros y los gatos se ponen hechos una furia cuando les pisan la cola. Reaccionan de forma irracional —me explicó ella. Tenía la piel del rostro tersa y brillante. Nada más llegar a la tienda, me dijo que la noche anterior se había puesto una mascarilla de pepino y kiwi que le había enseñado a hacer la tía Michi, y me dio la receta sin que yo se la hubiera pedido. La escribió pulcramente en un fino papel de carta de color rosa, con una pluma de tinta azul. Yo me la guardé dándole las gracias, aunque sin mostrar demasiado entusiasmo, y ella frunció el ceño.

—¿Qué te pasa? No pareces muy animada.

—No es nada.

A medida que hablaba con ella, me envalentoné sin darme cuenta, y pronto me sorprendí a mí misma pidiéndole consejo acerca de mis problemas amorosos.

—Las chicas no pretendemos hacer enfadar a nadie con las barbaridades que decimos en plena discusión —dije, y Masayo reflexionó brevemente con una expresión muy seria.

—A los veinte años eres una chica, es verdad —dijo luego, sin perder la seriedad.

—¿Cómo? —le pregunté.

—Pero a los treinta ya no queda bien que te consideres una chica —prosiguió, y entonces comprendí que sus reflexiones eran totalmente ajenas a mis problemas.

—Bueno, eso depende de si quieres ser una chica o no —le respondí con desgana.

—¿Y a los cincuenta? —se preguntó ella, con una expresión aún más grave.

—Hombre, a los cincuenta ya no eres exactamente una chica, ¿no?

—Tienes razón, a los cincuenta ya no hay nadie que se lo crea —suspiró ella.

En ese momento entró uno de nuestros clientes habituales, un hombre con una tupida mata de pelo blanco. «Es mucho mejor tener el pelo blanco y tupido que tener cuatro pelos negros, o medio negros, medio blancos», había dicho un día el señor Nakano, muerto de envidia.

—Buenos días —dijo Masayo levantándose, y se puso a charlar con él—. Últimamente no tenemos platos —le comentó, porque sabía que aquel cliente solía comprar los típicos platos grandes de los años veinte que, si bien no llegaban a ser antigüedades, se veían bastante viejos. En la Prendería Nakano solo llegaban piezas como esas de vez en cuando, pero el cliente le decía a Masayo que prefería comprarlas allí porque eran más baratas que en otras tiendas y estaban en buen estado. Cuando estaba con el señor Nakano o conmigo, en cambio, el hombre se empeñaba en mantener un fastidioso silencio.

Al final, compró un pequeño plato de principios de los años treinta. Masayo sonrió e inclinó la cabeza para darle las gracias. Su exquisita sonrisa no se borró de sus labios hasta que el cliente hubo salido de la tienda. En cuanto desapareció de nuestra vista, Masayo recuperó su expresión habitual.

—¿Y qué más ha pasado? —me preguntó luego.

—Que no me llama ni me manda mensajes —susurré.

—¿Y tú no haces nada?

—Es que…

—¿Qué pasa?

—Que tengo miedo.

—Claro, lo entiendo —dijo ella, asintiendo enérgicamente—. No es para menos. A veces los chicos dan miedo y no sabemos explicarnos por qué —prosiguió, sin dejar de asentir.

«Es verdad, le tengo miedo —pensé—. Takeo me da miedo, aunque me haya reído de él y no le haya tomado en serio».

—¿Puedo llamarlo «chico» o es más bien un «hombre»? —me preguntó Masayo.

—Creo que todavía es un chico —opiné. No le había dicho que el chico en cuestión era Takeo.

—Hay que ver lo radicales que son los chicos de hoy en día, estoy admirada —dijo Masayo en voz baja, aunque parecía divertirse con el asunto.

—No es nada del otro mundo —le dije a regañadientes—. Además, no volveremos a vernos. No le llamaré ni le mandaré más mensajes —dije. Mientras hablaba, mi estado de ánimo empeoró.

—¿De veras? —me preguntó ella—. Al fin y al cabo, eso depende de ti misma, yo no puedo aconsejarte —añadió. Acto seguido se levantó, ya que acababa de entrar una mujer de unos treinta años que también frecuentaba la tienda—. Ella sí que es una «mujer» y no una «chica» —murmuró en voz baja, mientras recibía sonriendo a la clienta—. Estaba a punto de preparar el té, ¿le apetece tomarse una taza conmigo? —le ofreció con una amplia sonrisa, a pesar de que se había tomado tres tazas seguidas mientras hablaba conmigo.

—Será un placer —aceptó la clienta, entusiasmada, y ambas se echaron a reír simultáneamente. Su risa sonaba muy parecida.

A pesar de mi firme voluntad, no tuve más remedio que volver a verlo.

Takeo siempre me saludaba de forma educada, pero no intercambiábamos ni una sola palabra más. Yo también le deseaba los buenos días, con más formalidad si cabe.

Al principio la situación me resultaba un poco incómoda, pero Takeo nunca se entretenía. Nada más llegar desaparecía en el garaje y se dedicaba a reparar la camioneta o a empaquetar material, de modo que no tenía por qué hacer un esfuerzo ante su presencia.

Aquel día, sorprendentemente, Masayo no vino a la tienda y estuve sola toda la tarde. La ausencia de Masayo ahuyentó a los clientes ocasionales que entraban a curiosear. Al atardecer, una mujer vino personalmente a traernos algo que quería vender. Era un objeto blanco en forma de ortoedro que parecía bastante pesado.

—Vengo a traer esto —dijo mientras dejaba el objeto en el mostrador, junto a la caja registradora. Era una mujer delgada de unos cincuenta años a la que no había visto antes—. ¿Por cuánto me lo compraríais? —preguntó. Llevaba un perfume fuerte, bastante dulzón, que olía a flores y que no encajaba en absoluto con su aspecto.

—No puedo decírselo hasta que lo vea el dueño —le respondí.

—Ya —dijo ella, y echó un vistazo por la tienda como si estuviera valorando los precios de los artículos en venta. El objeto aplastaba uno de los cantos de la agenda abierta encima de la mesa. Tiré de ella e hizo un pequeño ruido al liberarse del peso.

—¿Te importa que lo deje aquí? —me preguntó la mujer.

—En absoluto —le respondí—. Solo tiene que anotarme su dirección y su número de teléfono —le pedí, señalándole una libreta y un bolígrafo. Ella solo escribió un número de teléfono.

El señor Nakano llegó al poco rato acompañado de Takeo.

—¿Esto no es una máquina de coser? —dijo. Últimamente, cuando llegaba de hacer una recogida, Takeo se largaba rápidamente sin lavarse las manos siquiera, pero al oír el comentario del señor Nakano echó un vistazo al mostrador.

—Lo ha dejado una mujer que quiere venderlo —dije, evitando mirar a Takeo.

—¿Y qué voy a hacer con este trasto? —se preguntó el señor Nakano. Mientras hablaba, cogió el ortoedro con ambas manos y tiró hacia arriba. La tapa se abrió y dejó al descubierto una máquina de coser.

—¡Anda! —exclamó Takeo.

—¿Qué? —le preguntó el señor Nakano.

—Es la misma que la del anuncio —dijo bruscamente, en un tono frío y distante, como si le molestara tener que abrir la boca delante de mí.

—Es verdad, es la máquina de coser de Seiko Matsuda —observó tranquilamente nuestro jefe, que no parecía haberse dado cuenta de la clandestina guerra psicológica que sosteníamos Takeo y yo.

La máquina de coser era blanca y brillaba como si la hubieran encerado. Parecía bastante más nueva que la máquina descolorida que sujetaba Seiko Matsuda en el póster gigante.

—No sé qué voy a hacer con este trasto —repitió el señor Nakano, arrugando la frente—. Cada uno tiene su propio negocio, y el mío no son las máquinas —susurró sin dirigirse a nadie en concreto. Ni Takeo ni yo le respondimos.

El señor Nakano llevó la máquina de coser destapada a la trastienda y la dejó al lado del póster de Seiko Matsuda. Era ligeramente más grande que la del anuncio.

—No es un póster a tamaño real. La máquina de coser de verdad es un poco más grande —dije sin pensar.

—Es una Seiko corta —dijo el señor Nakano.

—No, no es corta, solo la han reducido un poco —repuse, y oí un resoplido procedente de donde estaba Takeo. Me volví disimuladamente y vi que se estaba riendo.

—¿De qué te ríes? —le preguntó el señor Nakano con cara de estupor.

—Es que esto de la Seiko corta me ha parecido gracioso —dijo Takeo, y se echó a reír de nuevo.

—¿Gracioso? —dijo el señor Nakano, extrañado.

—Sí que lo es.

—No veo por qué.

El señor Nakano tapó la máquina de coser.

—Quizá el póster se venderá mejor si incluimos la máquina de coser en el precio —murmuró mientras iba a bajar la persiana. Miré a Takeo de reojo, aunque normalmente era él quien solía hacerlo. De repente, dejó de reír y adoptó una expresión fría y distante. Me quedé de pie, quieta y sin decir nada.

«Hemos sido diferentes desde el principio, nunca hemos tenido nada en común. Supongo que esto tenía que ocurrir», pensé con resignación, mientras lo observaba de soslayo.

Al final, el póster de Seiko se vendió por solo 50.000 yenes.

—No entiendo por qué no les gusta el anuncio de la máquina de coser —se lamentó el señor Nakano.

—Pues una máquina de coser es un instrumento indispensable —dijo Masayo, que a veces hacía comentarios sin sentido.

Cuando el precio de salida empezaba a subir, todo se decidía en los últimos cinco minutos de la subasta, cuando el número de pujas se incrementaba de repente. Sin embargo, el póster de Seiko se acabó vendiendo por el último precio que se había ofrecido el día anterior.

Don Grulla nos lo explicó cuando vino a recoger el póster, que ya estaba empaquetado. Casualmente, la persona que lo había comprado vivía muy cerca de su casa, así que se ofreció a entregárselo en persona.

—¿Seguro que podrás llevarlo tú solo, Tokizo? —le preguntó el señor Nakano. Creíamos que el anciano traería su coche, pero había venido andando—. Saca la furgoneta —le ordenó a continuación a Takeo, y don Grulla profirió una carcajada que sonó como un ataque de tos.

Takeo se dirigió enseguida al garaje y acercó la furgoneta a la puerta. Hizo sonar el claxon discretamente, sin bajar del asiento del conductor. Don Grulla volvió a reír a su peculiar manera, salió de la tienda y esperó de pie al lado del vehículo mientras el señor Nakano introducía el póster embalado en la plataforma de carga. Don Grulla apoyó los brazos entre la puerta de la furgoneta y la parte trasera y empezó a menear el cuerpo.

—¿No puedes abrir la puerta? —le preguntó el señor Nakano.

Don Grulla meneó la cabeza.

—Estoy moviendo el esqueleto. Necesito un poco de ejercicio.

En ese momento, llegó Masayo y se quedó de pie detrás de él, observando fijamente sus movimientos. Don Grulla empezó a realizar un largo estiramiento ante la puerta de la furgoneta.

Tuve que quedarme sola en la tienda porque acababa de entrar el cliente que siempre compraba platos. El hombre vio a Masayo y alargó el cuello en su dirección.

Mi móvil, que estaba encima del mostrador, emitió un breve pitido, y el cliente se volvió. Lo cogí y me lo guardé en el bolsillo. Como Masayo seguía sin despegar los ojos de don Grulla y no parecía dispuesta a entrar en la tienda, el cliente dio media vuelta y se fue sin más. Entonces volví a sacar el móvil.

Había recibido un *e-mail* de Takeo. Cuando me dispuse a leerlo rápidamente, vi que el asunto y el cuerpo del mensaje estaban en blanco. Solo aparecía el nombre del remitente, Takeo Kiryu.

Entró otro cliente que se llevó dos camisetas de segunda mano. Don Grulla, Masayo y el señor Nakano seguían charlando y gesticulando delante de la tienda. No conseguía ver a Takeo. Oí la risa del señor Nakano. Desesperada, respondí el *e-mail* de Takeo. Igual que él, dejé en blanco el asunto y el cuerpo del mensaje y se lo envié.

—¡Hitomi! —me llamó Masayo desde la calle.

—¿Sí? —respondí yo. Takeo no se veía por ninguna parte.

—Cuando tienes presbicia y quieres mirar a tu amante a los ojos, no puedes acercarte mucho a él. Hasta que no te alejas un poco no logras enfocar su cara. Tienes que alejarte si no quieres verlo todo borroso —gritó Masayo, levantando tanto la voz que pude oírla incluso desde el interior de la tienda.

En ese momento, no entendí lo que quería decirme. Don Grulla volvió a soltar una de sus peculiares carcajadas y estuvo a punto de ahogarse. Takeo debía de estar encerrado dentro de la furgoneta.

En la pantalla de mi móvil apareció un nuevo *e-mail*, que leí con disimulo. En realidad no lo leí sino que me limité a abrirlo, puesto que también estaba en blanco.

Tuve la sensación de que la escena donde se encontraban Masayo, el señor Nakano y don Grulla se expandía y se contraía.

—Es un auténtico fastidio no poder mirarle a los ojos de cerca —repitió Masayo, y su voz excesivamente alta resonó en mis oídos.

Takeo era el único que parecía haber desaparecido. «Pero si ni siquiera me gustaba», pensé.

—¿Por qué no vendemos la novela de Sakiko en Internet? —propuso Masayo.

—A mí no me compliquéis la vida —dijo don Grulla, echándose a reír. Todo su cuerpo tembló. La escena seguía expandiéndose y contrayéndose. Me pregunté si el temblor que sacudía el cuerpo de don Grulla le provocaba una sensación placentera o más bien lo hacía sufrir.

El motor de la furgoneta enmudeció. Masayo, el señor Nakano y don Grulla siguieron charlando y riendo delante de la tienda. Takeo había desaparecido.

Me puse de espaldas a la entrada, sujetando firmemente el móvil. Al desplazar la mirada de un lugar iluminado a otro más oscuro, al principio me costó distinguir los contornos, hasta que vi con nitidez la máquina de coser, completamente sola sin el póster de la cantante a su lado.

El ortoedro blanco resaltaba tenuemente en la penumbra de la trastienda. Las carcajadas guturales de don Grulla retumbaban, sofocando cualquier otro ruido.

El vestido

Había decidido llamar al móvil de Takeo una vez al día.

Eran las dos y cuarto de la tarde.

A esa hora ya debería haber terminado la recogida. Había salido por la mañana. Por mucho tráfico que hubiera en la carretera, no habría tardado más de una hora en llegar a la ciudad vecina. Calculé que habría necesitado una hora más para negociar con los dueños y cargar los trastos a la camioneta, y otra media hora para comer. Como hacía buen tiempo, pensé que quizá se habría echado una siesta de unos veinte minutos a la sombra de un árbol, y supuse que mi llamada lo sorprendería justo cuando acabara de despertarse y aún estuviera medio adormilado.

Sin embargo, no me cogió el teléfono.

Suponiendo que hubiera prescindido de la siesta, debía de estar conduciendo cuando le llamé a las dos y cuarto. El teléfono había sonado, de modo que descarté que estuviera en algún lugar donde no había cobertura. A lo mejor no había oído el timbre. De repente, caí en la cuenta de que Takeo siempre insistía en la importancia de guardar las formas y, cuando estaba delante de un cliente, solía silenciar el móvil para que no lo interrumpiera. Cuando llegué a ese punto de mis reflexiones, las fuerzas me abandonaron de repente. ¿Por qué no me había cogido el teléfono?

El día anterior lo había probado a las once y siete minutos de la mañana. Mientras el teléfono sonaba, pensé que quizá aún estuviera durmiendo. Tal y como suponía, Takeo no contestó. No llegué a saber si realmente estaba durmiendo o si ya se había despertado y había ignorado mi llamada.

Cuando lo había intentado dos días antes, eran las siete en punto de la tarde. Takeo había salido de la tienda pasadas las cuatro, así que, si no se había entretenido por el camino, debía de estar en su casa. Pero tampoco contestó. A lo mejor estaba cenando. También contemplé la posibilidad de que se estuviera dando un baño. O tal vez le había apetecido recorrer las calles nocturnas a toda velocidad y había salido a dar un paseo con su moto. Pero Takeo no tenía moto.

Antes de llamarle, imaginaba todos los motivos por los cuales no podría cogerme el teléfono. Pensaba que quizá quería pulsar la tecla para contestar pero estaba comiendo un bollo relleno de crema —me había confesado hacía tiempo que eran sus favoritos— y, como tenía los dedos pringosos, no podría descolgar antes de que se cortara la llamada. También imaginaba que había intentado sacar el móvil del bolsillo trasero de su pantalón pero, como últimamente había engordado un poco y el pantalón le venía más ajustado, el móvil se había quedado atascado y no había conseguido sacarlo. O que una anciana desconocida había tropezado justo delante de sus narices y no podía hablar conmigo porque, en ese preciso instante, la estaba llevando en brazos al hospital. O que lo había secuestrado una malvada criatura subterránea que lo retenía cautivo en una oscura cueva.

Mientras dejaba volar la imaginación, las fuerzas me abandonaban.

«¡Cómo odio los teléfonos móviles!», pensé. ¿Quién narices había inventado un aparato tan poco práctico? No había nada más perjudicial para las relaciones amorosas —tanto las que funcionaban como las que no— que un teléfono que se podía descolgar prácticamente en cualquier lugar y en cualquier situación. Además, ¿desde cuándo Takeo y yo teníamos una relación amorosa? ¿Y qué pretendía conseguir llamándole un día tras otro?

Me pasaba el día sumida en mis reflexiones *de vieja agorera*, tal y como diría Masayo. Takeo llevaba cinco días sin cogerme el teléfono. Los últimos días incluso me daba miedo no saber qué decirle si lo hacía.

Descolgaría de repente. Yo soltaría una pequeña exclamación y contendría el aliento. Él no diría nada. Yo volvería a lanzar una exclamación en un tono un poco más grave. Él seguiría sin abrir la boca. Estaba tan asustada que tenía ganas de echarme a correr y a gritar.

Susurré su nombre en voz baja. Como si intentara contener la desesperación —que, para mí, era como una gran bola de hierro como las que se usan para jugar al balón prisionero—, me crucé de brazos y me puse a pensar a qué hora le llamaría al día siguiente. Intentaría hablar con él en algún momento entre las dos recogidas que tenía previstas. Al ser un día de mucho tráfico, tendría que calcular más tiempo para los desplazamientos. Siempre colgaba en cuanto saltaba el contestador, pero la próxima vez que le llamara quizá le dejaría un breve mensaje intentando que mi voz sonara lo más natural posible. Teniendo en cuenta todos los condicionantes, calculé que debía llamarle a toda costa a las dos y treinta y siete.

¿A toda costa? ¿Cómo que a toda costa?

Ni siquiera sabía si quería seguir insistiendo aunque no me hubiera cogido el teléfono ni una sola vez.

Las dos y treinta y siete.

Repetí tres veces la hora en mi cabeza vacía.

—¿Estás a dieta? —me preguntó Masayo.

—Hitomi es de las que adelgazan en verano —repuso el señor Nakano en mi lugar.

—¡Pero si ya estamos a finales de octubre! —Rio Masayo, y su hermano la imitó.

Al cabo de un momento, me sentí obligada a reír un poco con ellos. Je, je, je. Al oír mi propia risa, me sorprendió a mí misma haber sido capaz de reír.

—He adelgazado tres quilos —admití en voz baja.

—¡Qué envidia me das! —exclamó Masayo.

Meneé la cabeza con desgana. Luego intenté disimular y proferí otro «je, je, je». Aquella vez sonó como una carcajada ronca.

El señor Nakano se fue y Masayo se quedó en la tienda conmigo. La próxima semana tenía previsto inaugurar, por fin, su exposición de muñecas hechas a mano. A pesar de ello, se pasaba todo el día en la tienda diciendo: «Me siento como si me faltara algo. Francamente, creo que he fabricado muy pocas muñecas».

—¿Seguro que irá bien? —le pregunté.

—No te preocupes. Al fin y al cabo, lo hago como pasatiempo —me respondió ella, extrañamente animada. Si el señor Nakano hubiera hecho ese mismo comentario, Masayo se habría puesto hecha una furia, pero ella se quedó tan ancha.

Un cliente se quedó en la puerta, dudando. En casos como ese, la política de la Prendería Nakano consistía en disimular. Yo me incliné encima de la mesa y me dediqué a abrir y cerrar la agenda varias veces seguidas, mientras que Masayo optó por quedarse mirando al vacío con una expresión indiferente.

El cliente no entró.

Hacía un día precioso. Solo unas cuantas nubecitas de algodón salpicaban el cielo despejado, como si alguien las hubiera barrido y arrinconado.

—Oye, Hitomi —me dijo Masayo.

—¿Sí?

—¿Cómo terminó tu historia? —me preguntó sin volverse, mirando fijamente al vacío.

—¿A qué historia se refiere? —inquirí.

—A la de aquel chico.

—Ah...

—¿Cómo que «ah»?

—Uf...

—¿Cómo que «uf»?

—Bueno...

—¿Cómo que «bueno»? Mucho tenía que gustarte ese chico para que te haya hecho adelgazar.

—Dicho así se podría malinterpretar, ¿no? —repuse con desgana.

—Pues lo diré de otra forma: si has adelgazado es porque el chico que salía contigo te gustaba de verdad.

—¿Por qué habla de él en pasado? Es un mal presagio.

—¿Todavía estáis juntos? —quiso saber Masayo, con los ojos muy abiertos. El enérgico timbre de su voz hizo vibrar mis frágiles tímpanos. Quise taparme los oídos, pero ni siquiera tenía fuerzas para eso.

—Yo no lo llamaría exactamente «estar juntos».

La cara llena de curiosidad de Masayo resplandecía vivamente en el seco ambiente otoñal. Yo solo podía contemplar sin fuerzas su mirada interrogante.

—¿Sigues quedando con él?

—No.

—¿Os llamáis?

—No.

—¿Os escribís?

—No.

—¿Todavía te gusta?

—No...

—Entonces es mejor que hayáis roto, ¿no?

Opté por no responderle.

—¿Qué te pasa? —Rio ella—. Creo que necesitas tomarte unos días libres. Incluso Haruo me ha comentado que últimamente estás un poco rara. Me pidió que me ocupara de ti. En el fondo es una buena persona. Pero justo después dijo: «A lo mejor Hitomi ha sido poseída por el espíritu de un bicho raro como una comadreja, un tejón o una foca manchada», y siguió un buen rato por esos derroteros. Uy, perdón. Ya sabes que no lo hace con mala intención, es que mi hermano es un poco insensible, a veces no entiendo cómo puede tener una amante. Al final ella lo acabará dejando, ya lo verás. Entonces yo le dije: «No tiene por qué estar poseída, solo es una chica joven. Los jóvenes sufren mucho. No son tan caraduras como tú y tus mujeres. Lo que le pasa a Hitomi es que es muy tímida, yo la conozco bien».

Masayo hablaba a borbotones, como el agua cristalina de una fuente escondida en un recóndito bosque. Sin darme cuenta, las lágrimas empezaron a brotar de mis ojos. No tenía la sensación de estar llorando, era como si las lágrimas fluyeran inevitablemente.

De un extraño modo, la voz de Masayo me reconfortaba.

—Pobrecita Hitomi, ¿qué te pasa? —dijo, mientras las lágrimas caían en mi regazo en forma de grandes gotas.

«Esto me recuerda algo —pensé—. ¡Ya lo tengo! Es como cuando te levantas una mañana con resaca y acabas vomitando sin apenas fuerzas para hacerlo».

—Ve a la trastienda y descansa un poco. Al mediodía te prepararé algo calentito para comer —me dijo Masayo. Mientras escuchaba su voz, que sonaba lejana como la brisa de otoño, las lágrimas siguieron brotando de mis ojos de forma intermitente, estrellándose en mi regazo con un leve «plop, plop».

El señor Nakano llevaba un tiempo obsesionado con los cuadros chinos.

—*Pues eso*, es dinero fácil —dijo mientras sorbía el caldo de la sopa de fideos.

Descansar un rato en la trastienda me había sentado bien, puesto que había dejado de llorar progresivamente. Masayo preparó rápidamente «algo calentito», es decir, la sopa de fideos de siempre.

—Hoy los fideos están un poco salados, ¿no? —observó su hermano, exhalando el humo del cigarrillo.

—No fumes mientras comemos —le reprochó ella, apuntándolo con el mentón en actitud provocativa. El señor Nakano apagó el cigarrillo aplastándolo en el fondo del cenicero y siguió sorbiendo ruidosamente el caldo. Cuando se detenía de vez en cuando para respirar, arrugaba el entrecejo. Yo no entendía por qué se tomaba el caldo si no le gustaba.

—Incluso los comerciantes chinos vienen personalmente a comprarlos —dijo el señor Nakano una vez hubo vaciado el cuenco. A continuación cogió el cigarrillo que había apagado un momento antes y le prendió fuego de nuevo.

—¿Son cuadros antiguos? —inquirió Masayo.

—No, son bastante recientes. El más antiguo tiene cincuenta años —repuso el señor Nakano, mientras llevaba el cuenco al fregadero con el cigarrillo colgando entre los labios. A medio camino tuvo que hacer un ágil movimiento para recoger con el cuenco vacío un poco de ceniza que se había desprendido de la punta incandescente—. La economía china atraviesa un buen momento, y cada vez hay más chinos que quieren coleccionar los típicos cuadros alargados que se cuelgan en la pared y que ahora se venden sobre todo en el extranjero. Además, los más apreciados no son los de las dinastías Ming y Qing, sino los que pertenecen a la época posterior a la Revolución Cultural y tienen un precio más bajo que los antiguos.

—Es lo mismo que ocurrió en Japón durante la era Showa, ¿verdad? —preguntó Masayo en un susurro.

—No seas tonta, hermana. Nuestra situación no tiene nada que ver con la de China —concluyó tajantemente el señor Nakano.

—Tú sí que eres tonto —replicó Masayo en voz baja en cuanto su hermano hubo salido de la trastienda. Luego me miró y me sonrió.

Me tomé la taza de té que Masayo me había servido. Estaba tan caliente que me quemó la garganta.

—Hitomi —dijo ella.

—¿Sí? —respondí, sorbiendo el té ruidosamente.

—He estado pensando.

—¿En qué?

—¿Estás segura de que ese chico está vivo?

—¿Qué? —exclamé—. A... ¿a qué se refiere?

—Verás —empezó ella—, cuando yo era joven, tenía la fea costumbre de culpar a los demás. A los treinta años seguía haciéndolo, y también después de cumplir los cuarenta. No me importaba que tuviera yo la culpa o que la tuvieran los otros, puesto que siempre los culpaba a ellos. En caso de conflicto, ya fuera con mi pareja o con algún conocido, yo siempre era inocente. Sin embargo, desde que cumplí los cincuenta ya no me resulta tan fácil culpar a los demás cada vez que surge una diferencia de opiniones, un malentendido o una disputa.

—¿De veras? —repuse, desconcertada.

—Sí. Aunque es mucho más fácil echarle la culpa al otro —dijo ella, mondándose los dientes con un palillo.

—¿Quiere decir que la gente se vuelve más amable a partir de los cincuenta? —le pregunté, sin ver por dónde iban los tiros.

—No, no tiene nada que ver —repuso, enarcando las cejas.

—¿No?

—Al contrario. Con el paso de los años me he vuelto más estricta con las personas.

—Ah...

—Y más condescendiente conmigo misma. —Rio.

No pude evitar pensar que tenía una sonrisa muy bonita. Cada vez que sonreía, me sentía como si estuviera contemplando un pequeño hámster blanco dando vueltas en una jaula.

—En resumidas cuentas —prosiguió—, esto me pasa porque ahora existe la posibilidad de que las personas a las que he culpado alguna vez estén muertas. Cuando eres joven, no eres consciente de que la gente muere. Pero cuando alcanzas cierta edad, los demás mueren con una facilidad pasmosa. De repente tienen accidentes, sufren enfermedades o se suicidan. Mueren en contra de su voluntad o por causas naturales con mucha más facilidad que cuando eres joven.

»Una persona puede morir justo cuando le estás echando la culpa o al día siguiente, al cabo de un mes o en la siguiente estación del año. La gente de mi edad puede morir en cualquier momento, y eso no me deja tener la conciencia tranquila. Ahora que ya soy mayor, antes de echarle la culpa a otra persona me preocupa si su estado de salud será capaz de soportar mis duros reproches y mi odio —dijo Masayo, con un solemne suspiro pero con una sonrisa en los labios. Era todo un personaje—. Por eso cuando alguien no responde a mis llamadas lo primero que pienso es que a lo mejor ha estirado la pata —concluyó.

—Estirado la pata —repetí, utilizando la misma expresión que ella.

—¿Y bien? —preguntó, mirándome fijamente con una significativa sonrisa.

—No…, no creo que esté muerto —le respondí, apartándome un poco sin llegar a levantarme.

—¿Estás segura?

—S… sí —balbucí, y mis pensamientos empezaron a girar vertiginosamente intentando recordar cuándo había visto a Takeo por última vez. Ese día aún no lo había visto, pero sí el día anterior, por la tarde. No mostraba indicios de estar a punto de morir. Pero las personas a veces mueren sin haber mostrado indicios.

Un cliente entró en la tienda. El señor Nakano lo recibió efusivamente. Me arrastré hasta la puerta de la trastienda y la abrí. Enseguida distinguí la silueta de Tadokoro.

—Cuánto tiempo sin verte, jovencita —me dijo educadamente, dirigiéndome una sonrisa.

—S… sí —repuse enseguida. Me puse los zapatos sin perder ni un minuto, recogí el abrigo y el bolso y salí corriendo de la tienda.

Ni siquiera yo misma sabía adónde iba, pero seguía corriendo. Las piernas me flaqueaban porque había adelgazado demasiado. «¿Qué voy a hacer si está muerto?», pensaba, mientras daba tumbos por las calles a toda velocidad. Me pareció que había tomado la dirección de la casa de Takeo, pero no estaba segura. «Que no esté muerto», repetía para mis adentros una y otra vez. Me faltaba el aliento. De vez en cuando, la pregunta «¿Qué voy a hacer si está muerto?» me asaltaba y se intercalaba con el deseo de que estuviera sano y salvo. Inmediatamente, en mi cerebro relampagueaba el pensamiento «¡Cómo va a estar muerto!», pero en su interior había otra idea que se me clavaba como un aguijón y me decía que, si finalmente Takeo estaba muerto, me quitaría un enorme peso de encima.

Los rayos oblicuos del sol otoñal caían sobre mi cabeza. Seguí corriendo sin rumbo fijo y sin saber si tenía frío o calor.

—Hola, señor Tadokoro —dijo el señor Nakano recibiendo a nuestro cliente, que acababa de entrar en la tienda con el señor Mao.

El señor Mao era un comprador chino. Aquel día era la tercera vez que venía, siempre acompañado de Tadokoro.

—El material que tengo hoy es especialmente bueno —dijo el señor Nakano, frotándose las manos con una sonrisa.

—Cuando se frota las manos es porque se siente incómodo —me susurró Masayo al oído.

Los tres hombres entraron en la trastienda.

—¿Les apetece una taza de té? —les ofrecí.

—Sí, por favor —aceptó Tadokoro.

Serví el té despacio. Takeo no estaba muerto. Nos habíamos encontrado casualmente a medio camino, mientras él iba a comprar tabaco. «Últimamente fumo bastante», se justificó, desviando la mirada. Nunca había imaginado que pudieras encontrarte en mitad de la calle con un chico con el que tienes una relación tan complicada. Pero ocurrió de verdad, y de forma totalmente inesperada.

El señor Mao era un hombre alto, delgado y con las orejas muy grandes.

—Este hombre tiene buenos contactos en los bajos fondos de la sociedad china —me había dicho Tadokoro disimuladamente el otro día.

—¿Los bajos fondos? —pregunté, arrugando la frente.

—Es lo que en Japón llamamos «el mundo clandestino», jovencita —aclaró, mirándome fijamente. Era un hombre verdaderamente impenetrable. Sin embargo, en contraste con el aura siniestra que lo rodeaba, olía muy bien. No llevaba perfume, pero desprendía una cálida fragancia a té aromático y a tortas de arroz recién horneadas. Era un olor que no encajaba en absoluto con su aspecto.

Aquel día había llamado a Takeo a las nueve de la mañana. Como era de suponer, no me había cogido el teléfono. Era la séptima vez. Había pasado una semana. Había dejado de hacer conjeturas sobre las múltiples razones por las que Takeo no podía hablar conmigo. Simplemente, pensaba: «Hoy tampoco ha podido ser».

El señor Mao utilizaba un japonés mucho más refinado que el señor Nakano o yo misma.

—Me gustaría expresarle mi más sincero agradecimiento por haberse tomado la molestia de reunir estas obras tan exquisitas —dijo. Arrastró hacia sí los cinco lienzos enrollados con una mano mientras le tendía la otra al señor Nakano. Por un instante mi jefe pareció tentado a rechazarla, pero luego sonrió precipitadamente.

—De nada, faltaría más —dijo.

El señor Mao empezó a extender el dinero sobre la mesita baja. Iba colocando billetes de 10.000 yenes uno al lado de otro mientras contaba en chino: «*Hi, fu*». Cuando hubo cubierto toda la superficie de la mesa, volvió a empezar por el extremo izquierdo y extendió una segunda capa de billetes.

Mientras yo esperaba sentada en el suelo, sujetando la bandeja porque en la mesa no había sitio donde dejar las tazas de té, Tadokoro se volvió hacia mí. Sin saber por qué, me pregunté cuántas mujeres se habrían enamorado de él. Nunca he sido capaz de entender a las mujeres que se enamoran de un hombre que no les corresponde. ¿Cómo puedes amar a otro hombre si ya tienes a uno que te quiere? Por la misma razón, tampoco entiendo cómo he podido amar a hombres por los que ya no siento nada. ¿Por qué me había enamorado precisamente de ellos y no de otros?

Tadokoro se acercó a mí.

—Cuánto dinero, ¿verdad, Hitomi? —comentó, señalando la mesita. El señor Nakano contemplaba fascinado los dedos del señor Mao mientras disponía los billetes sobre la mesa. El chino manipulaba el dinero con soltura, como si no hiciera nada más en todo el día y estuviera perfectamente acostumbrado.

—Setenta y siete billetes. ¿Los he contado bien? —preguntó el señor Mao, sonriendo.

—Eh…, sí —confirmó el señor Nakano, que parecía abrumado.

—Esto hace un total de 770.000 yenes. ¿Lo considera suficiente? —preguntó de nuevo el señor Mao.

—Es suficiente —intervino Tadokoro, justo antes de que el señor Nakano abriera la boca.

Mi jefe se quedó de brazos cruzados, como si se negara a adaptarse al ritmo que Tadokoro intentaba imponer.

—Está bien —respondió al fin débilmente, asintiendo varias veces seguidas.

El señor Mao se levantó y empezó a embutir los lienzos enrollados en la gran cartera que llevaba, sin ningún tipo de delicadeza. El señor Nakano dio un respingo y contuvo el aliento. Ni siquiera él trataba los objetos con tanta brusquedad. Cuando hubo metido el último rollo en la cartera, recogió con un hábil gesto de prestidigitador los 77 billetes de 10.000 yenes que ocupaban toda la superficie de la mesita y se los entregó al señor Nakano.

—Por favor, no dude en ponerse en contacto conmigo cuando reciba más material —le dijo, dedicándole una profunda reverencia. El señor Nakano también se inclinó, como si estuviera bajo su influjo. Tadokoro fue el único que no agachó la cabeza.

De repente, me di cuenta de que Takeo estaba de pie detrás de mí. Tadokoro lo miró sin inmutarse y él le devolvió la mirada. Entonces Takeo se puso delante de mí y cogió la bandeja que yo seguía sosteniendo.

—Masayo quiere verte —me dijo, y dejó bruscamente las tazas de té en la mesita vacía. El señor Mao ya se disponía a ponerse los zapatos. Tadokoro miró a Takeo con una desdeñosa sonrisa.

—Hasta la próxima, Hitomi —me dijo, y salió detrás del señor Mao y el señor Nakano.

—Hasta pronto —le respondí, y noté la mirada de Takeo sobre mí.

«¿Por qué me mira así?», susurré para mis adentros, aunque no llegué a expresarlo en voz alta. Takeo siguió mirándome hasta que, al cabo de un rato, desvió la vista de repente y agachó la cabeza.

—Cuánto tiempo sin verte —le dije cuando los tres hombres hubieron salido de la estancia.

—Nos encontramos en la calle hace dos días —repuso él sin levantar la mirada.

El motor de la camioneta rugió en el exterior. Takeo tenía los labios fruncidos y los ojos entrecerrados.

—Ya, pero tengo la sensación de que ha pasado mucho más tiempo —dije, y él asintió ligeramente, un poco a regañadientes. Oí la voz del señor Mao, aunque solo me llegaban fragmentos sueltos de la conversación que mantenían. La puerta de la camioneta se cerró de un fuerte golpe y, justo después, el rugido del motor empezó a alejarse. En el interior de la tienda resonó la voz de Masayo dando los buenos días a un cliente. Takeo permanecía cabizbajo, con los rasgos tensos.

—¿Qué opinas de las chicas con las que salías?
—¿Qué quieres decir?
—¿Todavía las echas de menos o ni siquiera quieres oír su nombre?

Takeo reflexionó brevemente. Masayo nos había enviado al banco a hacer una transferencia. Caía una débil llovizna, y las calles del distrito comercial estaban desiertas. Llevaba mucho tiempo sin hablar con Takeo.

—Depende de la chica —repuso al fin, cuando pasábamos por delante de la comisaría del barrio. Un agente uniformado nos observó en silencio—. No llevamos paraguas —añadió.

—No importa, no llueve mucho —repuse—. Por cierto, ¿por qué no me has cogido el teléfono? —le pregunté cuando ya habíamos dejado atrás la comisaría.

Él no dijo nada.
—¿Me odias?
Siguió sin responderme.
—¿Ya no podemos ser amigos?

Takeo movió la cabeza, pero no supe si estaba asintiendo o negando.

De repente, me di cuenta de que estaba enamorada de él. Había intentado ignorar mis sentimientos al ver que no me cogía el teléfono, pero no lo había conseguido. «Estoy enamorada como una idiota —pensé—. El amor es un sentimiento idiota».

—Podrías cogerme el teléfono.
Takeo no me respondió.
—Estoy enamorada de ti.
Él siguió sin abrir la boca.

—¿Ya no te gusto?

Ni una palabra.

Llegamos al banco. A pesar de que las calles estaban desiertas, en el edificio había mucha gente. Nos pusimos en la cola y decidí no decirle nada más. Él miraba hacia delante. Cuando llegó nuestro turno, avanzamos incómodos hasta el cajero automático.

—¿Lo haces tú? —le pregunté en voz baja. Él asintió.

Takeo hizo la operación con más soltura de la que había imaginado, mientras yo observaba en silencio sus delgados y elegantes dedos. El dedo meñique de su mano derecha, el que estaba amputado a la altura de la primera falange, me pareció especialmente bonito.

Cuando terminamos y salimos del banco, llovía con más intensidad.

—Menudo chaparrón —susurré, y Takeo levantó la vista—. ¿No hay nada que hacer, entonces? —pregunté mirando su barbilla, que apuntaba al cielo.

Él seguía igual de taciturno que antes. «Si ni siquiera el petróleo es un recurso ilimitado —pensé—, aún lo son menos mis recursos amatorios, ya bastante míseros de por sí. Y encima, ¡no dice nada!».

Estuvimos un rato contemplando la lluvia, resguardados en el portal del banco. La llovizna se había convertido en un auténtico aguacero.

—Está claro que no confío en las personas —dijo Takeo, agitando el dedo meñique de su mano derecha—. A lo mejor es por esto —añadió, y escondió la mano inmediatamente.

—¡No puedes compararme con tu antiguo compañero de clase! —grité sin pensar.

—No es eso —murmuró él, cabizbajo.

—¿Qué es, entonces?

—La gente me da miedo —dijo despacio.

Con aquellas palabras, Takeo hizo aflorar de golpe el miedo persistente que había sentido durante toda la semana. Yo también tenía miedo. Miedo a Takeo. Miedo a la espera. Miedo a Tadokoro, al señor Nakano, a Masayo, a Sakiko e incluso a don Grulla. Y por encima de todo, me tenía miedo a mí misma. Era normal. Quise decírselo, pero no pude. Seguro que sus miedos eran distintos a los míos.

Aunque seguía lloviendo de forma torrencial, eché a andar sola. Me preguntaba cómo ignorar mis sentimientos por Takeo. Tenía la sensación de que mi amor solo conseguía hacerle daño, y eso me hacía sufrir más que si me hiciera daño a mí misma. Mi entrega incondicional me hizo sentir como un alma cándida, y no pude evitar sonreír. Llovía a cántaros. El agua se colaba por dentro de mi ropa y me empapaba la nuca. Entrecerré los ojos para protegerlos de la lluvia y el paisaje se difuminó a mi alrededor.

De repente, me di cuenta de que Takeo caminaba a mi lado, a la misma altura y al mismo ritmo que yo.

—Lo siento —le dije, y él puso cara de extrañeza.

—¿Por qué te disculpas?

—Porque no puedo dejar de quererte.

Entonces me abrazó de repente. Además de la lluvia que se colaba por mi nuca, el agua que goteaba de su cuerpo también caía encima de mí. Estaba empapada. Él me estrechaba con fuerza. Yo también lo abrazaba. Pensé que, probablemente, lo que sentía por mí en aquel momento no tenía nada que ver con lo que yo sentía por él. El abismo que se abrió entre ambos era tan profundo que me dio vértigo.

La lluvia caía con redoblada intensidad. Empezamos a oír algunos truenos. Takeo y yo seguimos abrazados, sin decir nada. Cayó un relámpago y, al poco rato, un trueno retumbó cerca de allí. Nos separamos y echamos a andar cogidos de la mano, aunque nuestros dedos apenas se rozaban.

Nos cambiamos mientras Masayo nos regañaba. Takeo se puso unos vaqueros y una camisa del señor Nakano, mientras que yo tomé prestado un vaporoso vestido de 500 yenes de la tienda.

Ya no llovía.

—Se ve que ha caído un relámpago en uno de los pinos del templo —dijo Masayo, con los ojos desorbitados.

El señor Nakano llegó al poco rato.

—¡Qué forma de llover! —exclamó, examinándome de arriba abajo.

—No me mire así —le dije, y él se echó a reír.

—Ese vestido te queda muy bien, ¿por qué no te lo llevas? Te haré el descuento especial para empleados.

Takeo estaba escurriendo su pantalón empapado delante de la tienda. De repente, lanzó una exclamación. Nos volvimos hacia él y vimos que sacaba del bolsillo del pantalón un trozo de plástico cuadrado del tamaño de media tableta de chocolate.

—La tarjeta —dijo entrando en la tienda. La tarjeta de crédito que habíamos utilizado para hacer la transferencia estaba reblandecida y deformada.

—¡Caramba! —exclamó el señor Nakano, dándose una palmadita en la frente.

—Lo siento —nos disculpamos Takeo y yo al unísono, él con la cabeza gacha.

—¿Ya os habéis reconciliado? —preguntó el señor Nakano, mirándonos alternativamente.

—¿Qué? ¡No! —respondimos de nuevo al mismo tiempo.

—¿No estabais peleados? —insistió nuestro jefe.

—¡No digas tonterías! Ya no son criaturas, no tienen por qué pelearse —dijo Masayo en un tono resuelto. Takeo y yo meneamos la cabeza tímidamente.

—Me llevo el vestido —le dije al señor Nakano.

Takeo se apartó de mí con naturalidad y entró en la trastienda. «No volveré a llamarle —pensé—. Será mejor que me olvide de él». Sin embargo, sabía que solo había sido una decisión momentánea y que, con toda probabilidad, volvería a intentarlo al día siguiente.

—Te lo vendo por 300 yenes —me ofreció el señor Nakano.

Saqué tres monedas de 100 de mi monedero y las deposité en la palma de su mano. En ese instante, recordé cómo se había abierto y cerrado para recibir el fajo de billetes del señor Mao.

Cuando pensé que me pasaría el resto de mi vida con aquella inquietud, aquel miedo y aquella incertidumbre, sentí un peso enorme dentro de mí y tuve ganas de tumbarme en el suelo y de sumirme en un plácido sueño. A pesar de todo, no podía evitar estar enamorada de Takeo. Profundizar en aquel sentimiento solo me conduciría hacia un mundo vacío, pensé vagamente.

Mi cuerpo frío y mojado por la lluvia entró en calor y tuve ganas de decir algo, pero no supe qué, así que seguí jugueteando con la vieja hebilla del cinturón rosa de mi vestido.

El cuenco

El señor Nakano tuvo un fracaso. No en la vertiente profesional, sino en la sentimental.

—Creo que voy a ir a Boston con Kurusu —dijo un día de repente, y Masayo y yo levantamos la vista.

Masayo seguía inmersa en el ritmo frenético del mes anterior, en que había tenido lugar su exposición de muñecas. Aquella semana, no obstante, se había tranquilizado un poco y ya no hablaba por los codos.

Aunque me había comentado que en aquella ocasión había hecho más bien pocas muñecas, la exposición había sido muy completa. Incluso yo, que no era ni mucho menos una experta en arte, me había quedado boquiabierta al ver las caras de algunas de sus creaciones. Takeo comentó que Masayo había conseguido que las caras de sus muñecas parecieran de verdad.

—Ese comentario ha sido un poco impertinente, ¿no crees, Takeo? —lo regañó en tono de broma el señor Nakano. Yo estaba seria y cabizbaja. Había pasado más de un mes desde el día del aguacero, y las cosas entre Takeo y yo no se habían aclarado en absoluto.

Últimamente, Masayo tenía una verdadera obsesión con el bordado francés. Con punto de cruz, punto de cadeneta y punto de contorno había estado bordando meticulosamente un cojín de estilo clásico en el que aparecía una chica jugando

con un perro y un chico en calzones tocando la flauta travese-
ra, de los que se podían encontrar antes en los sofás de las
casas habitadas por distinguidas ancianas de pelo blanco recogido con elaborados peinados.

«¿Para qué va a utilizar ese cojín?», le había preguntado.
«Para nada —me había respondido un instante después—. Me
lo tomo como terapia de rehabilitación. —Como había dedi-
cado todas sus energías a fabricar muñecas, Masayo tenía la
sensación de que le habían absorbido el alma—. Necesito hacer tareas simples y, a ser posible, fastidiosas y meticulosas»,
me había explicado con seriedad. «Parece divertido», le había
dicho mientras la observaba, y así fue como me inició en el
arte del bordado francés.

—Esto podría ser un mantel —dijo Masayo al ver la tela
cuadrada en la que yo estaba bordando setas de varios tama-
ños. Mi intención era rellenarlas de distintos motivos, una con
lunares, otra a cuadritos y la última con puntadas satinadas.

—¿Y para qué tienes que ir a Boston? —preguntó Masayo,
sujetando la aguja de bordar entre el pulgar y el índice y cla-
vándola en la tela—. Además, ¿tienes dinero para viajar tan
lejos? —añadió.

—Por supuesto que lo tengo —respondió el señor Nakano, y se puso a silbar la melodía de *Rhapsody in Blue*.

—Te veo contento —observó su hermana.

—Es una canción americana —repuso el señor Nakano,
dejando de silbar.

—¿Tiene que comprar algo? —le preguntó Takeo, que había entrado por la puerta trasera sin que me diera cuenta. En
cuanto oí su voz, se me puso la carne de gallina. Era una especie de acto reflejo que experimentaba últimamente.

—Exacto, Take. Veo que eres el único que me entiende —le
dijo el señor Nakano en un tono jovial. En cuanto lo llamó
«Take», la rodilla izquierda de Takeo dio una rara sacudida.

Aunque ni a él ni a mí nos resultara fácil mantener una conversación fluida, ambos teníamos el lenguaje corporal extrañamente desarrollado. Mientras pensaba que en ese sentido nos parecíamos mucho, clavé la aguja en la seta de lunares.

—Kurusu dice que conoce un lugar donde encontrar muebles de la época colonial —le explicó el señor Nakano a Masayo, que estaba inclinada encima del bordado y ni siquiera lo miró.

—¿Kurusu no es ese tipo tan raro? —preguntó ella al cabo de un rato. A continuación le dio la vuelta a la tela, hizo un nudo francés y cortó el hilo con unas tijeritas. Me gustaban mucho los movimientos de sus dedos cuando utilizaba las tijeras, porque parecía que tuviera un animalito en la mano y estuviera jugando con él.

—¡No es raro! —protestó el señor Nakano, y pulsó el botón derecho de la caja registradora. Sonó la campanilla y el cajón se abrió—. Por cierto, hermana, ¿desde cuándo fabricas muñecas tan artísticas? —le preguntó mientras cogía dos billetes de 10.000 yenes de la caja y se los guardaba en el bolsillo.

—Desde siempre —repuso ella con cara de desdén, aunque su expresión pronto se suavizó.

—Pues la verdad es que en tu última exposición me dejaste admirado por primera vez.

—No conseguirás nada de mí a base de elogios —le advirtió ella, mientras cogía dos madejas de hilo de bordar entre las seis que tenía.

Si bien el señor Nakano no consiguió nada, por lo menos Masayo dejó de poner reparos. «Mi hermana es muy fácil de manipular», había comentado una vez, y tenía razón. Sin embargo, eso no significaba que fuera una persona de trato fácil.

Masayo y yo seguimos bordando un rato sin hablar. Me di cuenta de que Takeo salía de la tienda, aunque no lo vi porque estaba de espaldas. En cuanto notaba su presencia, la parte de mi cuerpo que estaba orientada hacia él recibía pequeñas descargas, como si me transmitiera débiles impulsos eléctricos. Cuando abría la puerta trasera para irse, tenía la sensación de que un hilo atado a mi espalda tiraba de mí, y se rompía de repente en cuanto él la cerraba.

—¡Uf! —exclamé. Dejé el bordado en mi regazo y me desperecé.

—¡Uf! —me imitó Masayo en tono de broma.

—¡No se burle de mí! —protesté, y ella se echó a reír.

—Es que me lo has quitado de la boca —dijo, haciendo una mueca con los labios.

—Hay que ver —dije, imitando su expresión. El señor Nakano soltó una carcajada hueca.

—¿Todavía estás aquí? —le preguntó Masayo.

—Ya me voy. Me voy enseguida, a Boston o a cualquier otro lugar —dijo el señor Nakano con una voz extrañamente aguda, y salió de la tienda.

—Mi hermano tiene una nueva amante —me confió Masayo en cuanto oímos el rugido del motor de la camioneta. Me pareció que estaba impaciente por contármelo.

—¡No me diga que Kurusu es una mujer! —exclamé, sorprendida. Ella meneó la cabeza.

—No, Kurusu es un viejo. La mujer se llama Rumiko. Con ese nombre parece que trabaje en un antro de mala muerte, ¿verdad? Pues es amiga de Sakiko. Se estableció por su cuenta hace poco y abrió una pequeña tienda de objetos de segunda mano —prosiguió Masayo en tono de confidencia.

—¿Y Sakiko? —pregunté mientras visualizaba su rostro, que apareció flotando en mi mente como una bonita máscara—. ¿Ya lo sabe?

—Creo que sí.

—Pobrecita.

—Sí, Haruo es un idiota.

—Le habrá hecho mucho daño.

—No ha sido él quien me lo ha contado —prosiguió Masayo—. Es idiota, pero no tanto.

—¿Y cómo se ha enterado?

—Hablando con Rumiko —me explicó con una expresión sombría—. Se ve que es idiota por partida doble, o triple, si incluimos a su mujer; tiene varios caballos corriendo en paralelo y ha sido lo bastante idiota como para escoger a uno que les cuenta a los demás el resultado de la carrera —dijo Masayo sin respirar.

—¿Caballos? —murmuré.

Con las mejillas encendidas, Masayo clavó bruscamente la aguja en la tela. «Debe de querer mucho a su hermano», pensé. Justo en ese momento me quedé sin fuerzas y la aguja me resbaló de la mano. En vez de caer al suelo, se quedó suspendida en el aire a medio camino, colgando del hilo.

—Por eso quiere viajar a Boston.

—¿Por eso?

—Para huir.

—¿De quién, de Sakiko?

—No, de todas las mujeres.

—Ya —repuse. Masayo había adoptado una expresión triunfante—. Parece un hombre feliz —observé.

—¿Qué? —preguntó ella, enarcando las cejas.

Recuperé la aguja que se me había escapado y empecé a seguir el perfil de una seta mediante el punto de contorno. Era de color verde oscuro. Evoqué de nuevo el rostro de Sakiko, que apareció en mi mente con una expresión triste y ausente al mismo tiempo.

«Odio a los hombres», pensé mientras bordaba rápidamente.

La semana siguiente vinieron muchos clientes y estuve ocupada de primera a última hora. La actividad en la Prendería Nakano no era ni mucho menos tan intensa como en la verdulería cercana, pero Masayo y yo tuvimos que aparcar momentáneamente nuestras labores de costura porque apenas teníamos tiempo libre.

—¿Cuándo tiene previsto viajar a Boston, señor Nakano? —le preguntó Takeo.

—Depende de Kurusu —repuso él antes de meterse en la trastienda. Takeo se quedó de pie en la entrada con aire absorto. Un hombre joven que entraba en ese momento chocó con él y le dirigió una mirada desconfiada. Era un cliente nuevo.

—Traigo una cosa —dijo, dejando en el mostrador un paquete envuelto en papel de periódico. Por la forma y el tamaño, parecía contener un par de boniatos asados.

—¡Haruo! —gritó Masayo.

El señor Nakano salió lentamente de la trastienda. Con un cigarrillo colgando entre los labios, contempló cómo el cliente abría el paquete delante de él. La ceniza cayó al suelo. El hombre se interrumpió por un instante y le lanzó una mirada de reprobación.

—¿Es porcelana de verdeceledón? —le preguntó mi jefe, ignorando la mirada del cliente.

—Porcelana de verdeceledón de la antigua Corea —matizó el cliente.

—Claro, perdone —se disculpó el señor Nakano con aire sumiso. El cliente le dirigió otra mirada fulminante—. Para esta clase de objetos, quizá debería ir a una tienda de antigüedades —dijo el señor Nakano, cogiendo delicadamente con una mano el cuenco de porcelana que había traído el joven. A continuación dejó el cigarrillo encendido en el cenicero.

—Es que no quiero venderlo —dijo el cliente.

El señor Nakano lo miró con el desconcierto pintado en el rostro, y el joven desvió la mirada por un momento.

Tenía la piel muy bonita. No llevaba bigote, pero tenía una capa de vello bastante poblada bajo la nariz. Llevaba un traje azul marino que parecía de buena confección, con una corbata de un color similar pulcramente anudada. Su atuendo le daba el aspecto de un diligente hombre de negocios que rondaba los treinta años, pero probablemente era mucho más joven de lo que aparentaba.

—Aquí no hacemos tasaciones —dijo el señor Nakano, haciendo girar el cuenco entre sus manos mientras examinaba el reborde con atención.

—Solo quiero que lo expongan.

—¿Que lo expongamos?

—No quiero que lo vendan, sino que lo expongan en la tienda.

—¿Quiere dejarlo aquí? —dijo el señor Nakano, y echó un vistazo alrededor de la tienda con una sonrisa. Unos segundos más tarde Masayo y yo también recorrimos la tienda con la mirada. El cliente era el único que seguía con la vista fija en el cuenco de porcelana.

—Me parece que es una pieza demasiado valiosa para exponerla entre tantos trastos inútiles —dijo el señor Nakano, desprestigiando su propio negocio.

El cliente agachó la cabeza. El señor Nakano cogió el cigarrillo encendido del cenicero y dio una profunda calada. Nadie dijo nada durante un rato.

—¿A qué anticuario suele ir? —inquirió Masayo.

—Nunca he ido a un anticuario —balbució el joven.

—Entonces ¿de dónde has sacado ese cuenco? —le preguntó el señor Nakano, tuteándolo a pesar de que era su cliente.

—Me lo regaló una chica —repuso el joven, aún más turbado que antes.

—Seguro que tiene alguna historia detrás —observó Masayo, invitándolo a hablar. El cliente levantó la cabeza y la miró como si fuera su salvavidas—. Nos gustaría escucharla —lo alentó ella.

Así fue como el joven nos contó, despacio y titubeando, la historia del cuenco.

El cliente, que se apellidaba Hagiwara, había obtenido el cuenco como regalo de una chica con la que había estado saliendo durante tres años. Nunca se había planteado casarse con ella, puesto que desde el principio se había tomado aquella relación como algo informal. Sin comerlo ni beberlo, pasaron tres años. Un día, su jefe le dijo que le había concertado matrimonio con otra chica. Era un buen partido, así que Hagiwara aceptó y rompió con su novia.

No sin protestar, la chica acabó cediendo a cambio de que él aceptara un regalo. A Hagiwara le pareció raro que fuera ella la que quisiera hacerle un regalo de despedida en vez de pedirle un objeto de recuerdo, que habría sido lo más normal. Sin embargo, decidió aceptar sin hacer más preguntas.

El matrimonio concertado nunca llegó a celebrarse. Al poco tiempo, la sobrina de su jefe, la chica con la que tenía que casarse, se fugó con su novio de toda la vida. Al mismo tiempo Hagiwara se rompió la clavícula. Lo peor del caso es que ni siquiera estaba practicando deporte: se lastimó durmiendo, dándose la vuelta en la cama. Las cosas en el trabajo empezaron a torcerse. La empresa con la que solía hacer negocios hizo una redistribución de plantilla y, de repente, dejó de recibir encargos. Además, empezó a correr la voz de que había acosado sexualmente a una chica de su departamento y, por si fuera poco, recibió una repentina orden de desahucio porque iban a derribar el edificio donde vivía.

Su vida había empezado a empeorar desde que había aceptado el cuenco de su ex novia. Se puso en contacto con ella para tratar de devolvérselo, pero la chica se había cambiado el número de teléfono y la dirección de correo electrónico. Por lo visto, también se había mudado de piso y ya no trabajaba en el mismo sitio.

Sin saber qué hacer, Hagiwara le explicó la historia a un conocido aficionado a la adivinación, quien le dijo que el cuenco tenía la culpa de todas sus penurias. Como contenía una maldición, no debía venderlo ni tampoco conservarlo en su casa. La única solución era prestarlo o confiárselo a alguien para que lo guardara. Aquello no rompería la maldición, pero era mejor que dejar las cosas tal y como estaban.

Esta es la historia que Hagiwara le relató a Masayo, hablando despacio y con frases entrecortadas.

—Si es un auténtico cuenco coreano de porcelana de verdeceledón, es un objeto muy caro. ¿Está seguro de que la chica que se lo regaló quería hacerle daño? —le preguntó Masayo cuando terminó de hablar. Hagiwara se sonrojó ligeramente al oír sus palabras.

—No se trata de eso —terció el señor Nakano, que estaba a su lado.

—Es verdad. No entiendo por qué rompí con ella —se lamentó el joven con la cabeza gacha.

—¡Eso es! No debería haber roto con una chica con la que llevaba tanto tiempo saliendo —sentenció Masayo categóricamente.

«¿Esa es la conclusión de todo el asunto?», pensé mientras miraba a Hagiwara, que se limitaba a asentir una y otra vez. Por otro lado, el señor Nakano parecía confundido. Probablemente estaba pensando en su propio triángulo amoroso.

—Haruo, ¿por qué no llevas el cuenco a la tienda de Sakiko? —le sugirió Masayo en un tono resuelto. El señor Nakano levantó la cabeza y miró a ambos lados con aire inquieto—. ¡Sí, hombre! En Asukado sabrán qué hacer con él —insistió Masayo, mientras envolvía de nuevo el cuenco de porcelana en el papel de periódico. El cliente observaba fijamente sus manos.

Sin esperar la respuesta de su hermano, Masayo descolgó el teléfono y marcó el número de la tienda mientras murmuraba en voz baja: «Asukado, Asukado…». El señor Nakano observaba su silueta de espaldas con la boca entreabierta. El cliente y yo también la mirábamos con aire distraído.

Sakiko solo tardó un cuarto de hora en llegar después de haber recibido la llamada de Masayo.

—Buenas tardes —dijo.

En boca de Sakiko, aquellas dos simples palabras podían contener la energía de una poderosa maldición o de una bendición, aunque fuera imposible distinguir una cosa de la otra.

—Este es el cliente del que te he hablado —le comentó Masayo, señalando a Hagiwara con la barbilla. Su modo de hablar con los clientes era más respetuoso que el del señor Nakano, pero sus gestos eran igual de desconsiderados.

Sakiko abrió el paquete envuelto en papel de periódico. Era evidente que trataba la porcelana con mucha más delicadeza que el señor Nakano y su hermana.

—Es porcelana coreana de verdeceledón —dijo una vez hubo examinado el cuenco. Hagiwara asintió—. Está barnizada. Podría costar unos 300.000 yenes —prosiguió.

—Es que no quiero venderlo —aclaró Hagiwara, y Masayo le resumió a Sakiko la historia del cuenco maldito.

—Así que fue por resentimiento —dijo Sakiko en voz baja una vez hubo escuchado la historia, volviéndose hacia el señor Nakano. Mi jefe, que debería haberse encerrado prudentemente en la trastienda, estaba plantado en primera línea escuchando la conversación.

—*Pues eso*, podrías exponerlo en Asukado —dijo, empezando la frase con su coletilla habitual, pero terminándola en un tono algo tímido y apocado. Sakiko le lanzó una mirada inexpresiva.

—Me da cierto reparo exponer un objeto con un historial tan siniestro —dijo luego sin inmutarse. Hagiwara parecía desesperado.

—No es para tanto, todo el mundo está resentido con alguien —intervino Masayo, quitándole hierro al asunto. La expresión de Sakiko, que no había cambiado al oír las palabras del señor Nakano, se endureció.

—Lléveselo, por favor —le suplicó Hagiwara. Ella recuperó su mirada inexpresiva—. O quédeselo usted en esta tienda —añadió, dirigiéndose al señor Nakano.

—Ni hablar —dijo este, exhalando el humo del cigarrillo.

Hagiwara apartó la cara con evidente disgusto. Por lo visto, lo que más le molestaba del señor Nakano no era su trato irrespetuoso, sino el humo de su cigarrillo.

—Me lo llevaré prestado por 20.000 yenes —ofreció Sakiko en voz baja.

—¿Cómo que «prestado»? —exclamó Masayo.

—Ya que no puedo comprarlo porque está maldito, me lo tomaré como un préstamo a largo plazo. Esto no quiere decir que el préstamo no pueda transformarse en una venta al cabo de un tiempo —precisó Sakiko, imperturbable.

Era un razonamiento incomprensible. El señor Nakano y Masayo pusieron cara de no haber entendido nada, pero no se atrevieron a protestar, disuadidos por la expresión impertérrita de Sakiko.

—Esto significa que usted se lo llevaría y, además, me pagaría 20.000 yenes, si lo he entendido bien —resumió Hagiwara.

—Al fin y al cabo, es lo mismo que empeñarlo por la ridícula suma de 20.000 yenes —añadió Masayo con un hilo de voz, pero Hagiwara fingió no haberla oído y Sakiko tampoco le hizo caso.

Al final, el joven extendió un recibo a nombre de la tienda Asukado y se fue sin el cuenco, naturalmente. Era un poco más pequeño que los cuencos que usan en los restaurantes para servir las raciones de cerdo rebozado con arroz, pero era mucho más elegante. Se trataba de una pieza de gran valor que, a juzgar por su buen estado de conservación, no había aparecido en una excavación arqueológica sino que llevaba muchos años transmitiéndose de generación en generación.

Sakiko dijo que tenía que irse y se llevó el cuenco sujetándolo contra su pecho con sumo cuidado, envuelto en papel de periódico y protegido con plástico de burbujas. Salió de la tienda a paso rápido, sin dignarse a mirar al señor Nakano.

—Sakiko tiene ojo para los negocios —dijo el señor Nakano, sin poder disimular su admiración.

—Quizá deberíamos habernos quedado el cuenco en vez de llamar a Asukado —se lamentó Masayo, ignorando el hecho de que había sido ella quien había llamado.

—¡Ni hablar! Yo no quiero ser víctima de una maldición —dijo el señor Nakano, y dio un sorbo a su té.

Estábamos comiendo las judías dulces que yo había comprado en una pastelería a petición del señor Nakano, que me había mandado al centro a hacer recados. El té lo había hecho él mismo.

—Está muy rico —dije.

—Eres muy amable, Hitomi —me agradeció él después de parpadear varias veces—. Me ha llegado al corazón.

—Como sigas haciendo de las tuyas, al final nadie será amable contigo —le espetó Masayo sin pelos en la lengua. En vez de responderle, su hermano dio otro sorbo con la mirada perdida.

Aquella semana apenas tuve ocasión de ver a Takeo. Como tenía un promedio de tres recogidas previstas todos los días, no regresaba a la tienda hasta pasadas las ocho.

Cuando llegó el fin de semana, me mandaron de nuevo a hacer encargos. Antes de salir, mientras comprobaba cuánto dinero llevaba en el monedero, el señor Nakano se me acercó.

—No te preocupes, te llevo en la camioneta, así no tienes que pagar el tren. Luego te invito a cenar —se ofreció—. Hoy no tengo que ir al banco y me gustaría que me acompañaras al mercado.

El mercado en cuestión era una subasta para profesionales del gremio. En él se podía encontrar mercancía de toda clase y de todos los precios. Según el señor Nakano, aquel día se subastaban artículos de buena calidad y quería que yo lo acompañara en lugar de Takeo.

—¿Por qué no quiere llevarse a Takeo? —le pregunté, y él soltó una risita socarrona.

—Porque en esta clase de lugares llamas más la atención si vas con una mujer.

Era la última respuesta que esperaba oír.

—¿Quién quiere llamar la atención en una subasta? —refunfuñó Masayo, que estaba a nuestro lado, pero su hermano se limitó a reír de nuevo.

Nada más llegar a la subasta, comprendí el verdadero motivo por el que el señor Nakano había requerido mi compañía. Noté una intensa mirada clavada en nosotros y descubrí a Sakiko al otro lado del recinto.

Sakiko pujó una sola vez cuando subastaron un jarrón, pero se retiró enseguida y ya no volvió a participar en la subasta. El señor Nakano, en cambio, soltaba un grito cada vez que se subastaba algún reloj antiguo.

—Me lo ha pedido uno de nuestros clientes habituales —me explicó aprovechando una pausa.

—Sakiko está muy callada —le susurré luego, pero él meneó la cabeza.

—Lo que pasa es que aún no ha encontrado nada que le interese, pero tiene fama de ser implacable cuando subastan algún artículo bueno —me respondió, también en un susurro.

La subasta duró dos horas.

—Tú te llevas bastante bien con Sakiko, ¿verdad, Hitomi? —me preguntó el señor Nakano cuando unos cuantos anticuarios ya empezaban a dirigirse hacia la salida.

—Ni bien ni mal —le respondí, pero él no me hizo caso.

—*Pues eso...* Hazme el favor de invitarla a cenar con nosotros.

—Está bien —acepté, puesto que no me dejó otra opción. Él me dirigió una amplia sonrisa. No podría decir que estaba risueño como un niño porque, en realidad, su sonrisa era la de un hombre mayor, algo torpe y encantadora al mismo tiempo. «Una sonrisa de las que seducen a las mujeres a partir de cierta edad», pensé mientras me acercaba despacio a Sakiko, que estaba junto a la salida.

La cena transcurrió sin complicaciones. Sakiko declaró fríamente que no iba a beber alcohol. Incapaces de llevarle la contraria, en vez de ir a una taberna entramos en un restaurante cercano.

—Aquí hay demasiada luz, ¿no? —se quejó el señor Nakano.

Al principio pensé que debería haber dejado que cenaran a solas, pero pronto me di cuenta de que para mi jefe habría sido demasiado duro aguantar solo la frialdad que desprendía Sakiko. Durante la cena, el señor Nakano me contagió su actitud cohibida, así que los tres terminamos comiendo cabizbajos y sin hablar.

—Bueno, tengo que irme. Supongo que no querrás que te lleve a casa, ¿verdad, Sakiko? —se ofreció el señor Nakano después de haber pagado la cuenta.

—Sí, llévame —aceptó ella contra todo pronóstico, lanzándole una mirada llena de resentimiento. En ese preciso instante, el señor Nakano dibujó de nuevo su amplia sonrisa de viejecito encantador, y ella desvió la mirada.

En la camioneta tampoco hablamos. El señor Nakano conducía, Sakiko viajaba junto a la ventanilla opuesta y yo estaba sentada entre ambos, como si fuera su hija pequeña. El señor Nakano encendió la radio, pero volvió a apagarla enseguida.

Pronto llegamos a la tienda Asukado. Sakiko bajó rápidamente de la camioneta. Cuando se disponía a rodearla por detrás, se detuvo de repente y se volvió.

—Entrad un momento —nos pidió en voz baja, pero en un tono que no admitía réplica.

—Vale —respondimos el señor Nakano y yo, y bajamos despacio de la camioneta.

En el interior del local reinaba un ambiente limpio y puro. En Asukado se respiraba un aire fresco, seco y oxigenado que contrastaba con el de la calle, propio de una noche fría.

—Ha metido una planta en un jarrón —observé. La rigidez del rostro de Sakiko se suavizó por un instante, recuperando los mofletes que tenía bajo los ojos.

Sakiko abrió un pequeño cajón empotrado en la estantería y sacó un objeto envuelto en plástico de burbujas. Era el cuenco que Hagiwara le había «prestado» a cambio de 20.000 yenes. Me di cuenta de que el envoltorio era mucho más resistente que el que lo protegía cuando se lo había llevado de nuestra tienda.

Sin decir palabra lo desenvolvió, lo depositó encima del mostrador, apartó a un lado un antiguo plato con unos peces dibujados y un vaso blanco hecho de un material rugoso y puso el cuenco en el centro.

Se quedó contemplándolo con los ojos entrecerrados.

—En esta tienda, la calidad del cuenco destaca más —comentó el señor Nakano en voz baja, pero ella hizo como quien oye llover. Volvió a meter la mano en el cajón y sacó una pequeña caja de madera de paulonia envuelta en un pedazo de tela—. ¿Son antiguos abalorios? —preguntó el señor Nakano, pero Sakiko lo ignoró de nuevo y se limitó a abrir hábilmente la cajita de madera, que contenía tres pequeños cubos en una base de algodón—. ¿Son dados? —inquirió el señor Nakano, echando un vistazo en el interior de la cajita con una actitud inusitadamente tímida. Yo también me incliné para observar. Eran tres dados amarillentos con las esquinas desgastadas y ligeramente redondeadas.

—¿Son muy antiguos? —pregunté, y Sakiko ladeó la cabeza en actitud dubitativa.

—No lo sé. Tal vez de finales de la era Edo.

Los depositó al lado del cuenco. Los dados rodaron y formaron una disposición digna de una fotografía artística.

—Vamos a jugar al *chinchirorin* —dijo Sakiko.

—¿Cómo? —susurró el señor Nakano.

—¿Cómo? —repetí yo, también en un susurro.

Sakiko esbozó una sonrisa. Llevaba mucho tiempo sin ver su rostro sonriente. Sin embargo, sus ojos no sonreían.

—Juguemos al *chinchirorin* —repitió, y su voz hizo vibrar el ambiente como si hubiera pulsado una cuerda en tensión. El señor Nakano y yo nos estremecimos.

—Yo seré la banca, y tú y Hitomi apostáis contra mí —explicó, completamente serena. Cuando dijo «tú», en su voz apareció un deje de dulzura. Probablemente no se había mostrado cariñosa a propósito, sino por costumbre.

—Yo nunca he jugado a… —empecé, pero Sakiko sonrió de nuevo (aunque sus ojos tampoco sonrieron) y me interrumpió antes de que terminara.

—Es muy fácil —dijo—, solo tienes que lanzar los tres dados.

El señor Nakano no dijo nada.

—Si saco un cuatro, un cinco y un seis, la banca gana automáticamente —explicó Sakiko, mientras recogía delicadamente los dados y los arrojaba en el interior del cuenco. El señor Nakano dejó escapar una exclamación—. ¿Qué ocurre? —le preguntó ella, levantando la vista hacia él. Me pareció que sus pómulos se hinchaban de nuevo, pero su expresión reflejaba tranquilidad.

—¿Y si lo agrietas? —dijo el señor Nakano, señalando el cuenco—. Podríamos utilizar otra cosa.

—Lo tomé prestado por 20.000 yenes, así que puedo utilizarlo para lo que quiera —repuso ella categóricamente.

—Pero sería una lástima que…

—Pues lanzad los dados con cuidado. ¿Podrás hacerlo, Hitomi? —me preguntó, mirándome directamente.

—No lo creo —repuse, devolviéndole la mirada. El señor Nakano también miraba a Sakiko.

Pensé que el señor Nakano y yo nos parecíamos bastante. En ese momento, éramos como dos polluelos esperando la comida.

—¡Qué suerte, me ha salido una pareja! —exclamó Sakiko

sin mirarnos. Dos de los tres dados que había en el cuenco mostraban el número tres, mientras que en el otro había salido un cinco—. Te toca a ti —dijo a continuación, pasándole los dados al señor Nakano. Su voz era educada pero implacable.

El señor Nakano agitó los dados a regañadientes. Mientras que Sakiko los había lanzado desde arriba con todas sus fuerzas, él los depositó suavemente desde el borde del cuenco. Los dados chocaron con un ruido sordo. Dos de ellos cayeron en la base del cuenco y se detuvieron, mientras que el otro salió rodando del cuenco con un movimiento indeciso.

—¡Eliminado! —exclamó de nuevo Sakiko, y se echó a reír. El señor Nakano puso cara de pocos amigos. Las carcajadas de Sakiko retumbaron en la tienda oscura. Yo me sentía abrumada y tenía todo el cuerpo en tensión.

—Oye, ¿por qué quieres jugar a los dados? —murmuró el señor Nakano.

—He hecho una apuesta —repuso Sakiko.

—¿Una apuesta? Pues no llevo dinero encima.

—No se trata de dinero.

—Yo tampoco puedo apostar…

—Tranquila, Hitomi, tú no te preocupes. Lanza los dados.

Sakiko recogió el dado que había salido del cuenco, lo juntó con los otros dos y los depositó en la palma de mi mano. Me di cuenta de que su mano estaba helada.

—Adelante —me alentó de nuevo.

Cerré los ojos y lancé los dados, que rodaron repiqueteando alrededor de la pared del cuenco. Cuando el primero se detuvo, mostraba un uno. Los otros dos, que dejaron de girar enseguida, también se detuvieron en el uno.

—¡Triple pareja! —susurró el señor Nakano con la voz ahogada, y exhaló un suspiro.

—Ha ganado Hitomi —anunció Sakiko.

—Vale —asentí, sin comprender nada.

Sakiko estuvo un rato callada. El señor Nakano y yo, naturalmente, no nos atrevimos a interrumpir sus reflexiones.

—Bueno, ya está —declaró bruscamente al cabo de cinco minutos.

—¿Ya? —dijo el señor Nakano. Miré a Sakiko de reojo y constaté sorprendida que estaba sonriendo. En aquella ocasión, sus ojos también sonreían ligeramente.

—Te has salvado por los pelos, Haruo —susurró.

—¿De qué estás hablando? —le preguntó el señor Nakano, pero ella no dijo nada más.

Subimos a la camioneta y regresamos a la tienda. El señor Nakano se ofreció a acompañarme a mi casa, pero me apetecía volver andando. Además, abrigaba la esperanza de encontrarme casualmente con Takeo, igual que la última vez. Ardía en deseos de verlo. Sin saber por qué, tenía la sensación de que era el momento ideal para hacer las paces.

Pero no me encontré con él. Recorrí el camino de vuelta hasta mi casa repitiendo las últimas palabras de Sakiko: «Te has salvado por los pelos». El invierno acababa de empezar. El aire se enfriaba a medida que avanzaba la noche. «Te has salvado por los pelos», repetí para mis adentros, apretando el paso.

—Eres increíble, Hitomi —me dijo Masayo dos semanas más tarde—. Ya me han contado que le salvaste el pellejo a Haruo. —Rio.

—¿A qué se refiere? —le pregunté.

—Sakiko me ha explicado lo que pasó la otra noche —repuso, hablando de ella como si fueran amigas íntimas.

Masayo me explicó que, aquella noche, Sakiko se había jugado al señor Nakano a los dados.

—¿Qué significa eso? —susurré.

—Pues que se jugó a los dados su relación con él —repitió ella, asintiendo enérgicamente.

Si ganaba ella, rompería con él. Si ganaba el señor Nakano, continuarían juntos. Si ganaba yo, se lo pensaría.

—Al final ganaste tú, ¿no? —me preguntó Masayo, mirándome fijamente.

—Sí, pero sigo sin entender las reglas del juego —confesé, y ella se echó a reír de nuevo.

Un día de aquella semana, Sakiko vino a la tienda. En ese momento, el señor Nakano no estaba. Le dio a Masayo un paquetito y se dispuso a irse.

—Gracias por lo del otro día —dijo justo antes de irse, volviéndose hacia nosotras. Deduje que se dirigía a mí.

—De nada —repuse atropelladamente, y ella sonrió. Sus ojos, sin embargo, no sonreían en absoluto.

La acompañé a la calle para despedirme de ella. Sakiko echó un vistazo indiferente a la máquina de escribir expuesta en la entrada.

—Disculpe —dije—. ¿Ha perdonado al señor Nakano?

—¿Qué? —exclamó ella.

—Lo siento, no debería habérselo preguntado —me disculpé, pero ella meneó la cabeza para quitarle importancia.

—No lo he perdonado —dijo en voz baja al cabo de unos instantes.

—Pero… ¿siguen juntos a pesar de todo? —inquirí, y ella hizo una pausa.

—Una cosa no quita la otra —repuso prudentemente. Dicho esto, me dio la espalda y se fue. Yo la seguí con la mirada mientras su silueta se iba empequeñeciendo, y recordé vagamente la inesperada euforia que me había embargado cuando conseguí que los tres dados mostraran el mismo número.

—Takeo es un idiota —susurré, cerrando los ojos. Cuando volví a abrirlos al cabo de un momento, la silueta de Sakiko ya había desaparecido de mi vista.

Las manzanas

—Se ha ido —dijo Masayo.

Takeo estaba transportando paquetes, el señor Nakano entraba y salía continuamente de la trastienda y yo estaba sacando las monedas de la caja registradora. Por eso al principio no entendí las palabras de Masayo.

Cuando el cliente que había en la tienda se fue, Takeo —con el que últimamente ya no hablaba por teléfono pero, en cambio, charlaba con total naturalidad en la tienda —salió a toda prisa, como de costumbre, y el señor Nakano se dejó caer en una silla mientras se secaba el sudor de la frente con la toalla que llevaba colgando del cuello. Entonces fue cuando Masayo susurró por segunda vez:

—Maruyama se ha ido.

—¿Qué? —exclamé levantando la cabeza.

—¿Cómo? —dijo el señor Nakano al unísono, con una voz inusitadamente animada. Masayo bajó la mirada, avergonzada—. ¿Es por el dinero? —preguntó el señor Nakano inmediatamente después, y empezó a soltar una larga retahíla de preguntas sin apenas darle tiempo a responder: quería saber cuándo se había ido, por qué motivo y qué significaba exactamente que se había ido.

—No tiene nada que ver con el dinero —respondió ella, frunciendo por un instante sus bonitas cejas. Sin embargo, al poco rato volvió a bajar la mirada con cara de cansancio.

No parecía la Masayo de siempre. Su vitalidad habitual la había abandonado. El señor Nakano tenía la boca entreabierta. Masayo se sentó en una silla, cabizbaja. Su hermano hizo ademán de decir algo, pero pareció cambiar de idea. Se quitó el gorro de lana de la cabeza y se lo encasquetó de nuevo.

Durante unos instantes, ninguno de los tres se movió. Al cabo de un rato, incapaz de soportar la tensión, me levanté tímidamente y me deslicé hacia la trastienda caminando de perfil. Era imposible avanzar de frente porque Takeo había dejado los paquetes de la última recogida amontonados en el suelo.

—¿Adónde vas, Hitomi? —me preguntó Masayo, con un deje de inseguridad en la voz que jamás le había oído.

—Tengo que ir al baño —repuse, y ella suspiró.

—Yo también tengo que irme —dijo el señor Nakano rápidamente, como si no le correspondiera intervenir en la conversación. Abrió la puerta con un chirrido y desapareció con la misma discreción que yo.

La puerta principal, que había estado abierta hasta principios de otoño, permanecía cerrada desde bien entrado el mes de noviembre. Como ya nos habíamos acostumbrado a verla abierta, la tienda tenía un aspecto triste. «Siempre cerramos la puerta en invierno y la abrimos en primavera, pero este año me da más pena verla cerrada», había dicho Masayo pocos días antes.

Me parecieron unas palabras demasiado melancólicas teniendo en cuenta el carácter jovial de Masayo, pero en ese momento no le di importancia.

Para indicar que la tienda seguía abierta aunque la puerta estuviera cerrada, el señor Nakano había colgado un cartón en la entrada con la palabra «Abierto».

—¿Por qué te empeñas en rebajar la categoría de tu negocio? —le había preguntado Sakiko la semana anterior al ver el cartón, un día en que se había acercado a la tienda aprovechando que estaba en el barrio haciendo recados. Últimamente Sakiko aparecía en la tienda de vez en cuando. Sin embargo, eso no me permitía saber en qué punto estaba su relación con el señor Nakano—. ¿No crees? —le preguntó a Masayo, que se limitó a darle una respuesta ambigua. Entonces aún no me había dado cuenta de que no parecía la misma de siempre.

Al principio la palabra «Abierto» solo figuraba en un lado del cartón. El señor Nakano había escrito los caracteres con un grueso rotulador verde y los había enmarcado con una pulcra línea negra. «¿Qué os parece? Es bastante artístico, ¿no?», había dicho alegremente, mientras perforaba el cartón e introducía un cordel a través del agujero.

Encolerizado ante las críticas de Sakiko, arrancó de un manotazo el cartón que colgaba en la entrada y lo dejó en el mostrador. Pensé que había desistido, pero entró precipitadamente en la trastienda con cara de ofendido y volvió a salir con una caja que contenía seis gruesos rotuladores de distintos colores. A continuación le dio la vuelta al cartón y escribió en amarillo la palabra «Abierto» en una caligrafía mucho más irregular que en la versión anterior. Luego destapó el rotulador rojo, dibujó un marco torcido alrededor de los caracteres y, cuando terminó, volvió a colgarlo sin perder ni un minuto.

Sakiko había presenciado la escena con cara de perplejidad. Cuando el señor Nakano la miró con los labios apretados y le preguntó: «¿Qué tal ahora?», no pudo evitar echarse a reír.

—Esto es demasiado para mí —dijo cuando se dispuso a irse, después de haberse tomado una taza de té. El señor Nakano puso las manos en jarras con aire triunfal y la siguió con la mirada mientras se alejaba. Cuando pasó junto al escaparate, Sakiko dio un golpecito con el dedo al cartón, que se balanceó dos o tres veces antes de recuperar la estabilidad.

—Por lo menos vale 500.000 yenes —dijo el hombre.
Había venido a primera hora de la tarde, cuando Masayo

aún estaba comiendo. Normalmente, si no se traía la comida de su casa, preparaba fideos o arroz frito en la trastienda, pero aquella semana, desde que nos había anunciado la partida de Maruyama, había salido a comer fuera todos los días. «¿Dónde come últimamente?», le había preguntado el día anterior por pura curiosidad. «No lo sé. No me acuerdo», repuso ella débilmente, con el ceño fruncido, y no quiso darme más explicaciones. Sin saber qué añadir ni cómo continuar, cogí precipitadamente un paño y me puse a limpiar la caja registradora.

—500.000 yenes —repitió mecánicamente el señor Nakano, y cogió bruscamente el mechero de latón que el hombre había sacado de su cartera con gran delicadeza.

—¡Oiga! —exclamó el cliente—. Trátelo con más cuidado.

—Perdón —se excusó el señor Nakano, levantando una mano en señal de disculpa. No se trataba de un mechero de bolsillo, sino de un mechero cilíndrico de sobremesa, bajo y ancho—. La boca tiene forma de pistola, ¿verdad? —observó mi jefe, examinándolo con atención.

—Celebro que se haya dado cuenta —repuso el hombre, orgulloso.

Una especie de barra alargada sobresalía del cuerpo cilíndrico del mechero, como si fuera el cañón de una pistola de juguete. El señor Nakano quiso dárselas de experto comentando una característica evidente que incluso yo había observado a primera vista, y el hombre que tenía enfrente había replicado con idéntica vanidad.

Un tío suyo que era embajador había sido destinado a Texas una temporada y había recibido el mechero como regalo de un importante terrateniente.

—Es de la época de la colonización —nos explicó el hombre.

—¿Y cómo sabe que cuesta 500.000 yenes? —le preguntó el señor Nakano, sin pelos en la lengua.

—Hice que lo tasaran —aclaró el cliente, sacando pecho.

—¿Dónde?

—¿Sabe ese programa de tasaciones que dan en la tele?

—¿Participó en él?

—Yo no, pero tengo un conocido que es amigo íntimo del anticuario que sale en el programa.

—Ya —repuso el señor Nakano.

Hablando con el cliente, acabamos descubriendo que no se trataba de una tasación oficial, puesto que la había hecho un amigo suyo aficionado a las antigüedades que frecuentaba los círculos de anticuarios. Por si fuera poco, ni siquiera se trataba de un amigo directo, sino del «amigo de un conocido de un pariente».

—El caso es que necesito dinero —dijo el hombre, sin echarse atrás.

—No creo que pueda pagárselo al contado —dijo el señor Nakano.

—No quiero que me lo compre —se apresuró a aclarar el cliente.

Su aparente seguridad en sí mismo tenía algunas fisuras a través de las cuales se derramaba cierto nerviosismo cada vez que hablaba.

—El pariente de un conocido me dijo que ustedes tenían una página de subastas *on-line* —dijo el hombre, hablando aún más deprisa.

—El pariente de un conocido —repitió el señor Nakano, con una expresión solemne. Me hizo gracia que aquel hombre tuviera una red de contactos indirectos tan extensa, pero traté de contener la risa.

Si bien era cierto que la Prendería Nakano vendía a través de Internet, el administrador de la página web no era el señor Nakano, sino el señor Tokizo, alias don Grulla. Él era quien colgaba las ofertas y vendía los objetos. Sin embargo, el señor Nakano prefirió omitir ese detalle.

—Así que quiere que subastemos el mechero a través de Internet —resumió.

—Exacto —asintió el hombre con la mirada inquieta.

—Comprendo —dijo gravemente el señor Nakano.

—Entonces ¿me dejaría subastarlo a través de su página web o no? —se impacientó el cliente, inclinándose hacia delante.

Pensé que la persona adecuada para tratar con aquella clase de clientes era Masayo, aunque en su estado actual quizá no habría sido capaz. Esa reflexión me entristeció un poco. No estaba triste por Masayo; era una especie de tristeza vaga e infundada que se apoderó de todo mi cuerpo.

Mientras el señor Nakano negociaba a regañadientes con aquel hombre, el viejo climatizador escupía aire caliente zumbando sin parar.

—¿Está en venta? —preguntó Takeo, examinando el mechero que había recibido como obsequio el embajador en Texas, el tío de nuestro cliente. Finalmente, el señor Nakano había aceptado subastarlo a través de la página web de la tienda, aunque dudaba de que alguien lo comprara por 500.000 yenes.

—¿Te interesa? —le preguntó a Takeo.

Takeo reflexionó con una seriedad poco habitual en él. Me sorprendí mirándolo de reojo y me irrité conmigo misma, de modo que desvié la mirada enseguida. Como no encontré nada más con que desahogar mi irritación, me cogí la falda del vestido y la alisé con ambas manos. Era el vestido que el señor Nakano me había vendido aquel día de lluvia por 300 yenes. Según la etiqueta, el tejido era cien por cien indiana, pero debía de ser de mala calidad, puesto que había encogido unas cuantas tallas en la lavadora. A partir de entonces, solo me lo ponía en la tienda de vez en cuando como bata de trabajo, encima de los vaqueros.

—¿Puedo comprarlo? —preguntó Takeo.

—Ahora que lo pienso, nunca has comprado nada de la tienda —dijo el señor Nakano, abriendo los ojos de par en par—. En cambio Hitomi sí que suele aprovechar los descuentos especiales para empleados.

Los «descuentos especiales para empleados» no eran más que una pequeña rebaja que el señor Nakano aplicaba cuando estaba de buen humor, pero no había ningún porcentaje estipulado. Yo solía comprarme cosas para la casa y artículos de uso diario, como el taburete amarillo, el vestido y, por encima de todo, cestos. Tenía varios cestos grandes y pequeños, rústicos y delicados, donde iba embutiendo toda clase de cosas sin ton ni son. Así conseguía mantener cierto orden en mi piso.

—El cliente dice que vale 500.000 yenes —le explicó el señor Nakano a Takeo, sonriendo.

—Ah —repuso Takeo sin inmutarse.

Como no añadió nada más, el señor Nakano también guardó silencio y me dirigió una mirada que significaba: «Creo que he metido la pata». Takeo no se dio cuenta de nada.

«Odio a Takeo —pensé—. Siempre igual: él nunca se da cuenta de las necesidades de los demás, pero les exige que sean considerados con él».

—No tengo 500.000 yenes —repuso al cabo de un rato, con un ligero rubor.

El señor Nakano agitó la mano de inmediato, dando a entender que no tenía importancia.

—Vamos a subastarlo, así que tú también podrás pujar. —Takeo lo miró con cara de perplejidad—. ¿No sabes utilizar Internet? —le preguntó el señor Nakano, agitando la mano de nuevo.

—Sí —repuso Takeo brevemente.

—Pues te explicaré los truquillos de las subastas. Haz tu oferta, y si eres el mejor postor no tendrás que pagar los gastos de envío —dijo el señor Nakano, manoseando nerviosamente su gorro de lana igual que yo había alisado la falda de mi vestido un poco antes.

«¡Odio tanto a Takeo! —pensé por segunda vez, con renovadas energías—. ¿Por qué me atormento tanto por este desgraciado?». Estaba muy enfadada conmigo misma. Olvidaría por completo a Takeo, me enamoraría de otros hombres y mi relación con él se convertiría en un bonito recuerdo; compraría hortalizas, algas y legumbres y me dedicaría a vivir una vida sana llena de luz y vitalidad.

Al pensar eso, una oleada de tristeza me invadió de nuevo, pero no tenía nada que ver con Takeo. Nada.

—Por cierto, ¿cómo está Masayo?

Llevaba tres días sin verla. Cuando se fue el cliente que había traído el mechero, estuvimos esperándola en vano.

—Conozco a mi hermana desde hace mucho tiempo. Tiene la costumbre de desaparecer sin previo aviso y, de repente, vuelve como si nada hubiera pasado —susurró el señor Nakano mientras cerraba la tienda, como si intentara convencerse a sí mismo.

Cuando dijo «mi hermana», sonó un poco distinto a las veces anteriores. El señor Nakano no parecía el madurito desvergonzado que era, sino un jovenzuelo con aire inocente.

—¿Quiere que vaya a visitarla? —le pregunté a mi jefe, que seguía manoseando el gorro. Me obligué a mí misma a hacer todo lo posible para ignorar a Takeo.

—Pues no es mala idea —repuso él, preocupado. Takeo hizo un pequeño gesto. No tenía la menor idea de qué le pasaría por la cabeza en ese momento, aunque tiempo atrás hubiera tenido la vaga ilusión de empezar a conocerlo.

—Iré a verla de camino a casa —dije.

El señor Nakano juntó las manos en señal de agradecimiento y sacó un billete de 5.000 yenes de la caja.

—Compra unos pastelitos —dijo, dándome el dinero.

El billete estaba arrugado. Takeo seguía inmóvil.

Masayo estaba más animada de lo que imaginaba.

—Me alegro de verte —me dijo, mientras me invitaba a entrar en su casa. Le di la caja que contenía las tartaletas de la pastelería Poesie y ella la abrió enseguida—. Es evidente que te gusta el hojaldre, Hitomi. —Rio.

—¿El hojaldre?

Ella enarcó las cejas.

—¿No te acuerdas de cuando Haruo te pidió que vinieras a verme para que te contara lo de Maruyama? —dijo, mientras cogía la tartaleta de limón y la dejaba en un platito delante de ella—. Coge lo que quieras.

Hice memoria y recordé que la última vez que había ido a su casa también había aparecido con una caja de Poesie. Habría pasado aproximadamente un año.

—Cómo pasa el tiempo —observó ella, como si me hubiera leído el pensamiento.

—¿Qué? —exclamé, sorprendida.

—A ti te gustaba la tartaleta de cerezas.

—¿Qué? —exclamé de nuevo.

—La última vez cogiste la de cereza.

—¿De... de veras? —tartamudeé, y ella asintió, absolutamente convencida.

Estuvimos un rato comiendo sin hablar. «¿Cuánto dinero me dio el señor Nakano la última vez? —pensé, mientras pinchaba los pastelitos con el tenedor—. Creo que fueron 5.000 yenes. ¿O quizá 3.000?». Al final no conseguí acordarme de la cifra exacta.

—¿Crees que el deseo es importante, Hitomi? —me preguntó Masayo de repente.

—¿Cómo?

—El amor sin deseo no tiene gracia, ¿verdad? —Sin saber qué responderle, mordí en silencio el hojaldre de la tarta y lo engullí—. A tu edad todavía debes de tener la libido por las nubes. ¡Qué envidia me das! —comentó con la mirada perdida, mientras pinchaba con el tenedor el esponjoso merengue de la tarta de limón—. Por cierto —prosiguió, cambiando de tema como si nada—, ¿no te parece que las tartas de Poesie han perdido un poco últimamente?

—No lo sé, no suelo comer muchas —repuse educadamente.

—Claro —dijo ella. Luego cortó la tarta de limón en grandes porciones y se llevó una a la boca—. ¡Caramba! Hoy están bastante ricas. A lo mejor las encuentro más ricas porque estoy en buena forma. Hacerse viejo es un desastre —siguió hablando Masayo, en un tono extrañamente animado.

«El deseo», pensé para mis adentros. Con la voz de Masayo, la palabra tenía un timbre sorprendentemente alegre. «En realidad, la tarta de cereza no me gusta tanto», pensé. Sin embargo, atraída por la gelatina roja y viscosa, cogí una porción casi sin querer. El aroma a mantequilla del hojaldre se expandió en mi boca. Masayo masticaba la tarta de limón moviendo la mandíbula.

Entonces empezó a explicarme la historia de Maruyama.

—Cogeré un último pedacito —dijo cuando terminó la tarta de limón, y engulló rápidamente una porción de hojaldre—. Maruyama ha desaparecido —dijo entonces.

—Y... ya veo —repuse tímidamente, deseando que aquella visita no se convirtiera en un consultorio sentimental. Me sentía capaz de pedir consejo, pero no de darlo.

—Hubo algunos indicios.

Aproximadamente un mes antes de que se fuera, y de eso ya hacía dos semanas, Maruyama sufrió un cambio de actitud. Estaba nervioso, ausente y llegaba tarde a las citas. Al mismo tiempo, parecía alegre y alborozado.

—¿No crees que es la clásica actitud del hombre que piensa en otra mujer? —me preguntó Masayo, mirándome fijamente.

—S... sí —respondí de nuevo con timidez, puesto que no tenía ni idea de cómo se comportaba un hombre cuando pensaba en otra mujer.

—Hasta que se fue. Fin de la historia —concluyó brevemente.

—¿Eso es todo?

—Desapareció sin dejar rastro —me explicó, en el tono

fastidioso de un niño que no deja de pedirle chucherías a su madre.

Sin saber qué decir, cogí un trozo de tarta de manzana y lo deposité en mi plato. Las tartas de manzana de Poesie eran muy ácidas. «Deben de utilizar manzanas Jonathan —solía decir Masayo—. Haruo no come, las cosas ácidas no le gustan. Tiene el paladar de una criatura».

Comí la tarta de manzana sin decir nada. Masayo cogió una de las dos últimas lionesas que quedaban y se la puso en el plato, pero enseguida la devolvió a la caja.

—Me gustan más las lionesas de crema que las de nata —comentó en voz baja.

—¿El señor Maruyama no ha vuelto a su piso? —le pregunté con cautela en cuanto terminé de comer la tartaleta de manzana. Maruyama no vivía con Masayo, sino en un piso de alquiler. Por fin me había tranquilizado un poco y se me ocurrió que, aunque hubiera desaparecido de la vida de Masayo, a lo mejor habría vuelto a su piso.

—Qué va. Tampoco está en su piso.

Estuve a punto de preguntarle si iba a comprobarlo todos los días, pero cambié de opinión rápidamente.

—¿No la ha llamado por teléfono?

—Por su forma de desaparecer, no creo que tenga la intención de llamarme.

—¿No le dejó ninguna nota?

—Nada de nada. Se esfumó de la noche a la mañana.

—De la noche a la mañana —repetí estúpidamente—. ¿Tuvieron alguna discusión? —pregunté con timidez.

—No.

—¿Murió algún familiar suyo?

—Me lo habría dicho.

—¿Y si lo hubieran secuestrado?

—¿Quién querría secuestrar a un hombre más pobre que una rata?

—Podría haber perdido la memoria.

—Siempre lleva encima su cartilla de pensionista.

Masayo mantenía un tono de voz tranquilo y sereno, como si estuviéramos discutiendo sobre los problemas de otra persona.

—Puede que vuelva un día de estos. A veces, a las personas les apetece emprender un viaje a solas.

Sin darme cuenta, me encontré dándole consejos propios de un auténtico consultorio sentimental, mientras ella asentía de vez en cuando. Cuando llegó la hora de irme, me levanté del cojín y lo dejé encima del tatami. Mientras me despedía, una idea que Masayo había dicho tiempo atrás atravesó mi mente como un rayo.

Había estirado la pata.

«Cuando alguien deja de llamarme, lo primero que pienso es que ha estirado la pata», me había confesado aquel día en que yo estaba desesperada porque Takeo no me cogía el teléfono.

Solté una pequeña exclamación y me quedé callada. Ella me dirigió una mirada interrogante. Me dejé caer de nuevo en el cojín del que acababa de levantarme. La mesita baja tembló en cuanto me senté. El papel de plata extendido bajo la tarta de manzana crujió levemente.

—¿Has participado en la subasta? —le preguntó el señor Nakano a Takeo.

—Todavía no, pero ya lo haré.

—Caramba, ¡así que vas a pujar! —dijo el señor Nakano, con los ojos abiertos de par en par—. ¿Tan bueno es ese mechero? —le preguntó, a pesar de que era él mismo quien lo había puesto a la venta.

—No es que sea bueno, es que va conmigo —le respondió Takeo.

—¿Va contigo? —repitió el señor Nakano, con los ojos aún más abiertos.

Takeo, el señor Nakano y yo estábamos en la trastienda. Masayo no estaba. Desde que había ido a visitarla, volvía a venir con frecuencia, pero solo se quedaba una horita por la mañana o por la tarde y se iba enseguida.

—¿Hacemos un intercambio de información? —había dicho el señor Nakano un rato antes, mientras bajaba la persiana.

—Yo no tengo nada útil —objeté.

El señor Nakano señaló a Takeo con la barbilla.

—A él también le pedí que hiciera algunas indagaciones —repuso—. Ha ido al apartamento de Maruyama.

El señor Nakano encargó por teléfono tres raciones de cerdo rebozado con arroz y nos sentamos en torno al pequeño brasero que un cliente nos había vendido dos días antes, alegando que se había comprado uno nuevo. Aunque parezca mentira, la compraventa de estufas de gas y de braseros de segunda mano era constante.

En el buzón del señor Maruyama no había periódicos retrasados ni correspondencia acumulada. El contador de electricidad funcionaba. Las cortinas estaban siempre cerradas, a cualquier hora del día. Nada más.

Después del breve informe de Takeo, yo también resumí la información que tenía. Masayo llevaba un poco más de dos semanas sin noticias de Maruyama. No le había dejado ninguna nota antes de irse. El motivo de su desaparición era un misterio —decidí no contarles que, según ella, Maruyama se había fijado en otra mujer.

Hacía mucho tiempo que no nos reuníamos los tres. Quizá desde antes del verano, cuando aún salíamos a comer juntos de vez en cuando. En esas ocasiones, el señor Nakano se limitaba a cerrar la puerta con llave, sin colgar ningún cartel para avisar a la clientela de que habíamos salido. Por entonces las cuentas eran inestables y nuestro sueldo variaba según las ventas del mes. Últimamente la Prendería Nakano había empezado a tener la apariencia de un negocio de verdad.

—Pues yo he ido a la policía —murmuró el señor Nakano.

—¿A la policía? —repitió Takeo, nervioso.

—A ver si había aparecido su cuerpo.

—¿Y qué le han dicho? —gritó Takeo.

—No han encontrado nada —repuso el señor Nakano. Los tres suspiramos al mismo tiempo, aliviados—. De todos modos mi hermana parece haber recobrado el ánimo —observó en voz baja.

—Es verdad —reconoció Takeo, hablando también entre dientes—. El otro día me llamó «Take» como solía hacer antes.

Entonces recordé algo que Masayo me había dicho cuando fui a visitarla, mientras pinchaba con el tenedor las migas del hojaldre que se habían quedado pegadas en el papel de plata. «Yo creía que estaba saliendo con Maruyama por puro deseo —me dijo—. ¿Sabes, Hitomi? Las mujeres y los hombres tenemos necesidades, y creo que nos enamoramos de los demás para satisfacer nuestro deseo sexual. Algunos lo llaman *amor* o *sentimientos* pero, aunque traten de embellecerlo con un bonito envoltorio, yo siempre he pensado que, a fin de cuentas, es el deseo puro y duro lo que nos empuja a enamorarnos». «Ya», respondí. «Sin embargo —prosiguió ella—, ahora pienso que quizá no estuviera con él solo por el sexo». En ese momento Masayo levantó las cejas y me miró. «Comprendo», le respondí formalmente, como si estuviera en una entrevista individual con mi tutor de primaria. «Lo digo porque, desde que Maruyama desapareció, no puedo evitar sentirme triste», resopló. «¿Qué tiene que ver la tristeza con el deseo?». «Por las experiencias que he tenido hasta ahora, cuando te deja un hombre con el que estabas por el sexo no te sientes triste, sino irritada». «¿Irritada?», repetí en un susurro. «Al principio sí. La tristeza llega pasado un tiempo». «¿Por ese orden?». «Sí, por ese orden —prosiguió ella—. Ahora, en cambio, solo siento tristeza —dijo con una cándida expresión—. Nunca me había pasado».

Si no se trataba de puro deseo sexual, ¿cuál había sido el origen de la relación entre Masayo y Maruyama?, pensaba para mis adentros mientras volvía de su casa andando.

Alguien llamó a la persiana. El señor Nakano se asomó a la puerta trasera y le hizo una seña al repartidor para que entrara por detrás.

—El cerdo rebozado de los restaurantes de fideos está mucho más rico que el de los restaurantes de carne. Curioso, ¿verdad? —observó el señor Nakano, mientras engullía ávidamente su comida. Takeo y yo comíamos cabizbajos y sin hablar.

La subasta terminaba al día siguiente a las ocho de la tarde. Takeo fue a su casa y volvió con un viejo ordenador portátil. Se conectó a la red de la tienda y empezó a pujar siguiendo las instrucciones del señor Nakano.

—El mechero ha alcanzado los 1.100 yenes. —Rio el señor Nakano, con la vista fija en la pantalla que apareció en cuanto Takeo se conectó a la red. En la página de subastas *on-line* que administraba el señor Tokizo, el precio de salida mínimo para todos los artículos era de 1.000 yenes. Los participantes en las subastas tenían una idea bastante precisa acerca del valor de los artículos, de modo que casi nunca ofrecían demasiado dinero ni demasiado poco.

—Estos 100 yenes parecen una broma —comentó el señor Nakano, deslizando el ratón del ordenador. La ceniza se desprendió del cigarrillo que se estaba fumando y se dispersó por encima del teclado—. Perdón —se disculpó, sacudiendo bruscamente el teclado. Takeo contuvo un respingo—. Además, solo hay dos participantes.

Solo faltaban cinco minutos para las ocho y nadie había hecho una tercera oferta.

—Si hubiera mucha competencia tendrías que pujar hasta el último minuto, pero hoy no creo que sea necesario —dijo el señor Nakano, aporreando el teclado—. Fíjate en esto.

Se apartó a un lado y Takeo miró la pantalla por encima de su hombro.

—1.400 yenes —susurró—. Saldría más a cuenta retirarlo de la venta.

—Ya, pero el cliente insistió en subastarlo —dijo el señor Nakano tajantemente, y volvió a coger el ratón.

De repente, soltó una exclamación y me asomé por encima de su hombro para mirar la pantalla. El precio del mechero había alcanzado los 1.700 yenes. La persona que competía con Takeo había hecho una nueva oferta. El señor Nakano volvió a aporrear el teclado.

—¿Quiere que lo haga yo? —le preguntó Takeo, detrás de él.

—No hace falta —le respondió sin volverse.

Una nueva cifra apareció en la pantalla: 2.000 yenes. Pronto subió hasta los 2.500, y el señor Nakano ofreció 3.000 yenes.

Yo observaba la pantalla al lado de Takeo. Hacía muchas semanas que no estábamos tan cerca el uno del otro. Noté el olor a jabón que desprendía su cuerpo, el mismo que cuando venía a mi piso.

El reloj de pared que había en la tienda sonó.

—Espero que esto no se alargue demasiado —susurró el señor Nakano. Estuvo un rato esperando inmóvil frente a la pantalla, pero al final se levantó—. ¿Quieres probarlo tú, Takeo? —le ofreció.

—Vale —respondió Takeo, y se dejó caer en la silla. Al estar de pie detrás de él, noté el olor a champú de su pelo.

Takeo observaba la pantalla con atención, sin tocar el teclado. Eché un vistazo al reloj que aparecía en la parte superior y comprobé que pasaban tres minutos de las ocho. Me aparté sin hacer ruido.

—Adjudicado —dijo tranquilamente Takeo al cabo de unos diez minutos—. Por 4.100 yenes.

—¡Y decía que costaba 500.000! —se burló el señor Nakano.

Takeo sacó de su bolsillo un arrugado billete de 5.000 yenes. Revolvió el otro bolsillo en busca de una moneda de 100 y le entregó el dinero al señor Nakano.

—Quédese el cambio y dígale al cliente que lo ha vendido por 5.100 yenes —propuso, tras una breve reflexión.

—¡Qué generoso! —Rio el señor Nakano, y envolvió el mechero en papel de periódico. Takeo lo cogió y lo metió, junto con el portátil, en su gran mochila, pero enseguida lo sacó, lo desenvolvió y lo dejó en el estante de la trastienda.

—¿Puedo dejarlo aquí? —preguntó. El señor Nakano asintió, extrañado.

—¿Por qué no te lo llevas?

Takeo hizo una breve pausa.

—Porque en casa no fumo, y si lo dejo aquí podremos utilizarlo todos —respondió al fin.

Maruyama regresó.

Le explicó a Masayo que había sentido un repentino deseo de viajar solo, tal y como yo había sugerido para salir del paso.

—Yo creo que es mentira —opinó ella.

Estábamos solas en la trastienda comiendo sopa de fideos, la especialidad de Masayo, que se sorbía los mocos mientras cogía los fideos con los palillos.

—Con el frío, la sopa me hace gotear la nariz más de lo habitual —se justificó tranquilamente.

—Entonces ¿no es más que una excusa?

—Por supuesto que sí. Estoy segura de que huyó —dijo.

—¿Cómo lo sabe?

—Porque le quiero —respondió ella, sin perder la serenidad.

—Le quiere —repetí en un susurro.

—¿Te parece mal?

—N… no —me apresuré a asegurarle mientras sorbía precipitadamente los fideos. Estaban tan calientes que me atraganté.

Oí el motor de la camioneta. Pensé que Takeo estaría a punto de salir. Eché un rápido vistazo al mechero de latón que reposaba encima del estante. El cliente había protestado porque lo habíamos vendido por solo 5.100 yenes. «Ya sé que son cosas que pasan, pero…», dijo, dirigiéndole una mirada fulminante al señor Nakano. «Es que en la parte de abajo había una inscripción que decía *made in China*», replicó este tranquilamente después de haber aguantado sus quejas. El cliente empalideció por un instante y no dijo nada más.

—Ahora le tengo miedo al amor —dijo Masayo con su voz cantarina.

—¿Solo ahora le tiene miedo? —repuse.

—Bien dicho, Hitomi. —Rio ella—. Eres demasiado joven para entender cómo se estancan las relaciones cuando el deseo se ha desvanecido casi por completo —me dijo, sorbiendo los fideos. Yo también sorbía.

Cuando terminamos de comer, me bebí un vaso de agua junto al fregadero. Masayo, que se había levantado con los cuencos sucios, me dio una manzana. Le di un mordisco. Era muy ácida.

—Es una Jonathan —me explicó ella, mordiendo la suya.

En el fondo, era perfectamente consciente de que Takeo era muy considerado con los demás.

Nunca sería capaz de odiarlo.

Sumida en estos pensamientos, iba mordiendo la manzana. Su acidez se expandía en mi boca. Masayo y yo devoramos las crujientes manzanas hasta dejar solo el corazón.

Ginebra

—¿Sabes aquella pintura al óleo europea de la época medieval en la que sale un hombre gordo bebiendo a morro de una botella? ¡Sí, mujer!

Sakiko arrugó la frente, pues no sabía a qué pintura se refería el señor Nakano.

—Es de un padre y un hijo que pintaban juntos, creo que los dos se llamaban Peter o algo así. En sus pinturas suelen aparecer escenas de las fiestas de los pueblos con hombres sujetando el cuello de una botella con su manaza peluda y bebiendo a morro.

—¿Peter? —preguntó Sakiko, arrugando la frente de nuevo—. Peter es un nombre tan común como Taro en Japón —dijo, con los ojos entrecerrados. Sus pómulos parecían más redondos de lo habitual.

—*Pues eso*, se llamaba Bru-no-sé-qué. Brueghel, creo. Sus cuadros están llenos de hombres de mediana edad en bombachos que no hacen más que empinar el codo.

—A lo mejor sí que el cuadro que dices es del taller de Brueghel.

Sakiko abrió los ojos de par en par y miró directamente al señor Nakano, que no parecía dispuesto a darse por vencido.

El aire caliente que escupía la estufa de petróleo que un cliente nos había vendido unos días antes me calentaba solo la mitad derecha del cuerpo. En lo que llevábamos de invierno no había hecho demasiado frío, pero las temperaturas se habían desplomado coincidiendo con el inicio del nuevo año y el climatizador de la tienda, que no funcionaba bien, no calentaba lo bastante, de modo que teníamos las manos y los pies helados.

«Esto no vamos a venderlo, nos lo quedaremos», dijo el señor Nakano en cuanto el cliente dejó la estufa y se fue. Mandó a Takeo a comprar petróleo, encendió la estufa inmediatamente y su cara se iluminó de alegría. Parecía un niño dando cuerda a un juguete que le acababan de regalar. Se agachó frente a la estufa y dejó que el aire le calentara el rostro.

—¡Cómo han mejorado las estufas de petróleo! —comentó Masayo con admiración, agachándose al lado de su hermano—. Antes el calor de la llama te dejaba la cara ardiendo.

—Pues el otro día vi la misma botella de alcohol —dijo con vehemencia el señor Nakano, dirigiéndose a Sakiko.

Ella se limitó a responderle vagamente mientras examinaba un cesto de *akebia*.

—Es bonito, ¿verdad? —dije.

—Sí —asintió ella—. Pero es casi nuevo.

Aquella expresión me hizo reír.

—En este mundillo los objetos nuevos o en perfecto estado tienen poco valor. ¿Curioso, verdad…?

El señor Nakano enmudeció de repente y levantó la vista al techo. Estuvo un buen rato inmóvil con la cabeza inclinada. Finalmente, avanzó hasta un rincón de la tienda sin despegar la vista del techo y buscó a tientas la escoba de bambú apoyada en la pared. Se desplazó de nuevo hasta el lugar donde estaba antes y, soltando un pequeño grito, golpeó el techo con el palo de la escoba.

—¿Qué mosca te ha picado? —le preguntó Sakiko, sin apenas abrir la boca. Sus labios parecían pétalos.

—Una rata —aclaró el señor Nakano—. Con un poco de puntería, puedo dejarla medio atontada.

—¿Cómo vas a atontarla golpeando el techo? —Rio Sakiko, burlándose de él.

El señor Nakano pareció olvidarse de la rata y retomó la historia de la botella medieval.

—Quiero comprarla.

—¿Es muy cara? —le preguntó Sakiko.

—Mucho.

—¿100.000 yenes?

—250.000.

—¡Caramba! —exclamó ella, sorprendida, y entrecerró de nuevo los ojos. Según como lo hacía, su mirada transmitía distintas emociones. En esa ocasión, adoptó la mirada de comerciante astuta. Me fijé en que sus pómulos no se hinchaban y sus labios parecían más finos que de costumbre.

—Sí, es muy cara.

—En realidad yo soy experta en antigüedades japonesas, así que no domino los precios del mercado occidental —dijo Sakiko, aunque su mirada revelaba que el precio le había parecido desorbitado.

El señor Nakano frunció el ceño. Yo creí que estaba reflexionando acerca del precio de la botella, pero en realidad volvía a estar preocupado por la rata.

—Ha vuelto en sí. ¿Oís cómo corretea otra vez? —se quejó, visiblemente molesto.

Moví un poco la estufa para que el aire no me calentara solo la mitad derecha del cuerpo. El señor Nakano se dio cuenta enseguida.

—Ten cuidado, no vayas a provocar un incendio —me advirtió.

—Claro.

—No me respondas con esa voz tan triste —dijo, rascándose la cabeza.

—No estoy triste —le aseguré, y él se rascó la cabeza de nuevo.

—Pues yo sí que lo estoy.

—¿Por qué?

—Es por el invierno. Hace frío y no tengo dinero.

Sakiko se sentó en una de las sillas que teníamos en venta y empezó a balancear los pies. Sus piernas, enfundadas en unas medias negras, se veían largas y delgadas.

—¡La rata! —dije, y el señor Nakano y Sakiko levantaron la vista al techo simultáneamente—. Era broma —añadí, y ambos bajaron la cabeza con cara de decepción. La estufa emitía un ligero zumbido.

Aunque no era habitual en él, el señor Nakano se obsesionó con la botella.

Mientras abría la persiana, medio agachado, susurraba: «La verdad es que es mucho dinero», y al final de cada conversación, cuando parecía que iba a añadir algo más, se preguntaba a sí mismo: «¿Cuál será su precio exacto?».

—Últimamente el señor Nakano está como una cabra —comentó Takeo

—Eso es muy irrespetuoso —lo regañé con severidad.

—Perdona —se disculpó él, agachando la cabeza.

—No importa —refunfuñé entre dientes.

Takeo desvió la mirada. Mi cuerpo flaqueó como si las fuerzas me hubieran abandonado. «Vivir así no puede ser sano —pensé—. Debería dejar este trabajo». Era una idea que, últimamente, surgía en mi cabeza de vez en cuando.

Masayo entró en la tienda. Desde que Maruyama había regresado, se había vuelto más coqueta que antes, por decirlo de algún modo. Aquel día llevaba una falda lila hasta los tobillos que parecía hecha a mano, y una bufanda que colgaba de su cuello. Probablemente la había teñido ella misma con tintes vegetales.

—Oye, Hitomi, ¿no te parece que Haruo está como una cabra últimamente? —me preguntó mientras se sentaba en una silla junto al mostrador.

—¿Como una cabra? —repetí, sin saber muy bien qué responderle. Takeo dejó escapar un extraño resoplido. Me volví hacia él y lo vi con la cabeza gacha, tratando de contener la risa.

—Sí, está como una cabra —repitió Masayo mientras se recogía la falda para que no se arrastrase por el suelo y la sujetaba sobre su regazo, como si estuviera envolviendo un fardo.

—Eso es un poco… —empecé, pero Takeo me contagió las ganas de reír y solté una carcajada antes de terminar la frase.

—¿Qué ocurre? —preguntó Masayo.

—Nada, es que Takeo también cree que el señor Nakano… —murmuré.

—¿Qué opinas, Take? —le preguntó Masayo a Takeo, en un tono ingenuo.

—Nada, bueno, que está raro —dijo Takeo, que apenas podía responder por culpa de la risa.

—Creo que en esta tienda somos todos bastante raros —concluyó Masayo, encogiéndose de hombros.

Takeo se desternillaba de risa. Yo también reí un poco con él, mientras pensaba que llevaba mucho tiempo sin ver a Takeo riendo con tantas ganas. Sin saber por qué, Masayo también se echó a reír. Me di cuenta de que Takeo tenía la espalda más ancha que cuando nos habíamos conocido. Masayo dejó caer la falda que tenía recogida y, sin levantarse de la silla, empezó a balancear las piernas. Las distintas tonalidades lilas de la falda, más claras y más oscuras, se entremezclaban al ondear la tela, y me sentí como hipnotizada contemplando su movimiento.

El señor Nakano no solo estaba raro por su obsesión con la botella de alcohol.

Para empezar, cada vez frecuentaba menos los mercados. Además, cuando los clientes le llamaban para que fuera a recoger material, rechazaba más de la mitad de los encargos. Antes solía mandar a Takeo para que hiciera la mayor parte de las recogidas, pero ahora siempre lo acompañaba. En cuanto regresaba a la tienda, se dejaba caer en una silla con cara de abatimiento y refunfuñaba: «¡Cómo cuesta encontrar cosas de segundo mano, Hitomi!».

—Creo que ya sé lo que le pasa —dijo Masayo un día.

—¿De veras? —le preguntó Takeo.

—Sí. Tiene la misma actitud que cuando dejó el trabajo para abrir la tienda —nos explicó en un susurro.

—¿La misma actitud? —repitió Takeo, que se había vuelto un poco más comunicativo con el paso del tiempo.

—Sí, esa especie de tensión impalpable —dijo Masayo, encendiéndose un cigarrillo.

Por las tardes, el señor Nakano iba al banco. No era el eufemismo que utilizaba para referirse a una cita amorosa, sino que iba literalmente al banco.

—Creo que Haruo quiere reformar la línea del negocio, aunque sea algo sorprendente en él —nos comentó Masayo en tono confidencial.

—¿Cómo? —dijo Takeo, conteniendo el aliento. Yo opté por no decir nada, puesto que no había comprendido del todo las palabras de Masayo—. ¿Eso significa que ya no va a necesitarnos? —gritó.

—¿Cómo has llegado a esa conclusión? —Rio Masayo—. Eres mucho más inseguro de lo que aparentas, Take.

—Lo siento —se disculpó Takeo.

—No te disculpes —dijo ella, riendo de nuevo.

—Lo siento, es que tengo la costumbre de pedir perdón.

—Has madurado mucho últimamente, Take —le dijo Masayo, y lo dejó aturdido durante un buen rato.

Sin ninguna lógica aparente, me vino a la memoria el momento en que Takeo me había quitado los pantalones. ¿Cuándo había sido? Parecía un recuerdo perteneciente a un pasado remoto, cinco millones de años atrás, cuando Takeo y yo aún no habíamos nacido y la humanidad ni siquiera existía.

—Tengo el presentimiento de que ha ido al banco a pedir un préstamo para reformar la tienda —confesó Masayo, exhalando una voluta de humo.

—¿Está segura? —le preguntó Takeo.

—No, solo es una conjetura.

—Una conjetura —dije, repitiendo distraídamente sus palabras. Seguía sin entender lo que quería decir, porque tenía la mitad del cerebro ocupada con las escenas del breve encuentro sexual que Takeo y yo habíamos protagonizado cinco millones de años atrás. La otra mitad estaba recalentada y embotada por culpa del aire caliente de la estufa de petróleo.

Sacudí la cabeza para librarme del abotargamiento que invadía mi cerebro, pero fue en vano. Solo conseguí que la espalda desnuda de Takeo y el color azul pálido de los tejanos vueltos del revés se rompieran en mil añicos que se dispersaron por toda mi cabeza.

—Necesito descansar un rato —anuncié.

Abrí la puerta y salí a la calle. En cuanto me alejé de Takeo mi cabeza se despejó inmediatamente. «Voy a dejar el trabajo», pensé por enésima vez. En el lugar donde antes se hacía pis el gato se habían formado agujas de hielo. Las pisé y el hielo crujió, resquebrajándose bajo mis pies.

—Pienso conseguir esa botella cueste lo que cueste —dijo el señor Nakano a través del auricular del teléfono—. Ajá. Bien. De acuerdo. A las doce y media. Sí. La línea Mita. Entendido. Sí, si no lo encuentro, te llamaré al móvil. ¿El dinero? No tengo demasiado…

Por la excesiva familiaridad con que hablaba, deduje que su interlocutora era Sakiko.

—¿Has cogido alguna vez la línea Mita? —le preguntó Masayo una vez hubo colgado el teléfono.

—¡No te burles de míiii! —respondió su hermano, entonando una melodía.

—¡Esa canción es de Momoe! —exclamó Masayo, y se puso a canturrear la misma melodía—. No hay nada como tener una amante eficiente —dijo a continuación, y el señor

Nakano le respondió con un bufido. Por mediación de Sakiko, había conseguido una reunión con un comerciante de antigüedades occidentales que lo acompañaría a uno de los eventos más prestigiosos de toda la ciudad.

—¿Qué clase de evento? —preguntó Takeo.

—Un mercado como los que suelo frecuentar, pero de más categoría.

—¿Una subasta?

—Exacto, una subasta.

De vez en cuando, el señor Nakano llevaba a Takeo a las subastas para profesionales del sector. Cuando yo acababa de entrar a trabajar en la Prendería Nakano y todavía no sabía nada, le pedí a Takeo que me explicara cómo eran los mercados de antigüedades. «Es un lugar de viejos que regatean para comprar y vender en una barraca», me respondió él tras una breve reflexión.

En los mercados, el señor Nakano solía comprar vajillas incompletas, espejos viejos y juguetes antiguos a buen precio. Lo que mejor se vendía en la tienda eran los objetos pequeños y gastados.

—Pero las subastas y los mercados no son lo mismo, ¿no? —dijo Takeo.

—No —repuso brevemente el señor Nakano, como lo hacía Takeo cuando una pregunta le importunaba.

—¿Cuál es la diferencia? —insistió Takeo, sin cortarse un pelo.

—Tú has madurado mucho, ¿no? —observó el señor Nakano, desconcertado.

—¿Yo? —dijo Takeo, en el mismo tono atontado de siempre pero sin un ápice de timidez.

—¿Os gustaría venir? —nos propuso nuestro jefe.

—¡No seas abusón! Piensa que Sakiko te está haciendo un favor —le reprochó Masayo.

—No le importará —le aseguró el señor Nakano—. Al fin y al cabo, es una amante eficiente —añadió, mordisqueando la punta del cigarrillo apagado que colgaba entre sus labios.

—¡Qué cínico eres! —Rio su hermana.

—No es verdad —negó él, haciendo una mueca de disgusto sin dejar de morder la punta del cigarrillo—. A Takeo y a Hitomi les servirá de aprendizaje.

—¿De aprendizaje? —preguntó Takeo, y se quedó con la boca entreabierta. Volvía a ser el Takeo de siempre.

—Saldremos mañana a las once. Si queréis aprender algo, procurad no llegar tarde —nos advirtió el señor Nakano, como si fuera nuestro profesor.

Takeo seguía con la boca entreabierta. Yo me quedé mirando sin querer la borla que colgaba del gorro de lana del señor Nakano.

Era un día ventoso. El viento amenazaba incluso con llevarse el gorro de lana granate que llevaba el señor Nakano.

—¿Esto es lo que se llama «viento arremolinado»? —gritó.

—Eso creo —le respondió en voz baja el señor Awashima.

Sakiko caminaba al lado del señor Awashima, y detrás de ellos íbamos el señor Nakano, Takeo y yo.

El señor Awashima era un hombre de tez pálida. Al saber que era un experto en antigüedades occidentales, me había imaginado encontrar a un hombre moreno, atractivo y con largas patillas, pero su aspecto era completamente diferente. Aunque tendría poco más de treinta años, se estaba quedando calvo. Con su espalda encorvada y sus ojos grandes y saltones, recordaba un pez nadando en aguas muy profundas. Más tarde, cuando ya volvíamos a la tienda, Takeo dijo que el señor Awashima le inspiraba confianza. A mí me había causado la misma impresión. «Es que es un buen comerciante —dijo secamente Sakiko al oír el comentario de Takeo—. Consigue que el cliente baje la guardia y le vende cualquier cosa».

El señor Awashima entró en un edificio de la esquina y avanzó hasta el fondo, donde un peldaño permitía acceder a una sala enmoquetada. Saludó con una leve inclinación de cabeza a la recepcionista, que llevaba un uniforme negro. A continuación se descalzó y dejó los zapatos en un casillero. Los demás lo imitamos. Como no había zapatillas, tuvimos que caminar por el suelo enmoquetado en calcetines.

En la sala de reuniones había largas mesas con sillas ocupadas por comerciantes que comían en pequeños grupos. Cada uno de ellos tenía su propia comida en la mesa: bolas de arroz del supermercado, fiambreras con pollo rebozado, latas de té... El estómago de Takeo rugió.

—Les dejo hasta que empiece la subasta —anunció el señor Awashima en voz baja, y fue a saludar a un conocido.

La estancia donde se celebraría la subasta medía unos treinta tatamis de ancho. Había varios cojines blancos a lo largo del perímetro que formaban un gran cuadrado, dejando libre el espacio interior.

El señor Nakano paseó la mirada por la sala. Sakiko se sentó en uno de los cojines. Yo también me senté, dejando un cojín libre entre ambas. Takeo se sentó a mi lado, dejando también una plaza libre entre los dos. Como Sakiko era de complexión delgada, cuando se sentaba de rodillas en el suelo se veía aún más pequeña. Parecía que Takeo y yo le sacáramos un palmo.

Se oían murmullos de conversaciones. El señor Nakano merodeaba por la sala. Aunque acababa de sentarse, Takeo se levantó y se unió a él.

—Oye, Hitomi —murmuró Sakiko.

—¿Sí? —le respondí, intentando hablar en voz baja como ella.

—Vas a dejarlo, ¿verdad?

—¿Cómo?

—Me refiero a tu trabajo en la tienda de Haruo.

—No, qué va. —Aún no le había comentado a nadie que me estaba planteando dejar el trabajo—. ¿Por qué lo dice? —le pregunté sin levantar la voz.

—He tenido un presentimiento —repuso ella. A pesar de

que hablaba en susurros, percibí claramente un deje de misterio en su voz.

—¿Un presentimiento?

—Quizá porque yo también me estoy planteando dejarlo.

Observé su rostro. Su penetrante mirada brillaba más que nunca.

—¿Dejarlo? ¿A qué se refiere?

—A Haruo —dijo simplemente.

—Pero si el otro día me dijo que no iba a romper con él —le recordé en voz aún más baja, puesto que el señor Nakano y Takeo se estaban acercando.

—Sí, pero creo que ya es hora de hacerlo.

—¿Ya es hora? —le pregunté sin querer. En ese preciso instante, el señor Nakano se dejó caer con un ruido sordo en el cojín libre que había entre las dos. Ella se volvió y le sonrió. Fue una sonrisa tierna y serena, que me hizo pensar en la estatua de una divinidad femenina de la era Kamakura que había visto un día en Asukado, la tienda de Sakiko.

Los artículos se mostraban en grandes bandejas cuadradas. En cuanto un comerciante terminaba de examinarlos, empujaba la bandeja hacia su vecino. Como si de una cadena de montaje se tratara, los comerciantes inspeccionaban uno tras otro los platos, lámparas y grabados que contenían las bandejas.

—Creo que esta puede ser de su agrado —le dijo Sakiko al señor Awashima, que se había sentado a su lado con las piernas cruzadas.

—Sí, la verdad es que me gusta. Pero es demasiado cara, no podría venderla —repuso el anticuario en voz baja, como siempre. Aun así, cogió de la bandeja la pequeña copa de cristal que le había indicado Sakiko y la examinó de cerca. La copa, que cabía en la palma de su mano, tenía un extraño color.

—Está un poco resquebrajada —dijo, asintiendo para sí mismo.

Takeo iba inspeccionando todos los artículos que pasaban por delante de él. Los expertos, empezando por el señor Awashima, trataban los objetos sin ningún tipo de precaución. Takeo, en cambio, era el único que los manipulaba con sumo cuidado.

—Es mucho mejor hacerlo así —lo elogió Sakiko. El cogote de Takeo enrojeció por un instante.

El señor Nakano, por otro lado, dejaba pasar las bandejas sin tocar nada. Se limitaba a inclinarse encima de ellas y observaba su contenido desde arriba, sin mover ni un músculo.

—Si ve algo que le interesa, solo tiene que decírmelo —se ofreció el señor Awashima. Sakiko, que estaba sentada entre los dos, tenía que apartarse cada vez que hablaban.

La subasta empezó con una sencilla introducción: «Ahora que el invierno se recrudece, espero que todo el mundo disfrute de buena salud», dijo el tasador. No esperaba que sonara un gong y un redoble de tambores, pero como el señor Nakano había comentado que gozaba de mucho prestigio, me imaginaba un ambiente más solemne.

—Qué simple, ¿no? —le susurré a Takeo.

—Sí —asintió él—. Se parece bastante a los mercados normales. La única diferencia es que no se celebra en una barraca sino en un edificio.

Me sobresalté al darme cuenta de que hacía siglos que no mantenía una conversación informal con él. Una oleada de felicidad me inundó en décimas de segundo. Me sentí estúpida, pero inmensamente feliz.

—Está a punto de empezar —dije. Era un comentario superfluo, pero quería seguir hablando con él en el mismo tono desenvuelto de antes. Volví a sentirme estúpida.

El precio de salida del primer artículo era de 3.000 yenes, según anunció la áspera voz del tasador. El precio alcanzó los 5.000 yenes y luego los 7.000, y siguió subiendo rápidamente. Takeo seguía con atención los gestos del tasador.

—Hoy las ventas son muy flojas —susurró el señor Awashima. El precio de algunos artículos escalaba con rapidez, pero también había muchos por los que solo pujaban dos personas a la vez y cuyo precio, que partía de los 10.000 yenes, solo terminaba alcanzando los 17.000.

Cuando salían los objetos mejor valorados, cuyo precio se elevaba hasta las decenas o los centenares de miles de yenes, el subastador, que estaba de pie detrás del tasador, movía la cabeza de arriba abajo.

Al cabo de un rato comprendí que aquella era la señal que fijaba el precio de venta definitivo y adjudicaba el artículo al mejor postor. En un objeto determinado, había varios compradores interesados, pero el precio subía lentamente. De 5.000 yenes pasaba a 7.000, a 10.000, a 11.000 y a 15.000.

—¡*Jikkanme!* —gritó una voz.

—¿Qué significa eso? —le preguntó Takeo al señor Nakano.

—Que el precio se multiplica directamente por diez —le respondió el señor Nakano sin volverse, con la vista fija en el tasador.

—¿Directamente? —repitió Takeo.

—En este caso, la última puja ha sido de 16.500 yenes, ¿verdad? —intervino Sakiko, mirando a Takeo—. Pues lo multiplicamos por diez y pasamos directamente a los 165.000 yenes —explicó. Takeo se quedó boquiabierto—. Y si fueran 165.000 yenes, se convertirían en 1.650.000.

—Ya veo —dijo Takeo, sin cerrar la boca.

Después de que alguien gritara *jikkanme*, nadie volvió a pujar.

—Qué tacaños —gruñó el señor Nakano.

—Con la recesión económica cuesta más vender —repuso el señor Awashima, meneando la cabeza. El subastador frunció el ceño, disconforme con el precio de salida que el tasador había fijado para el siguiente artículo.

El tasador se volvió y le consultó algo al subastador, que agitó brevemente la mano. Entonces el tasador dijo que había sido un error y el artículo se retiró de la subasta.

Tras la venta de unos cuadros, empezaron a subastar objetos de cerámica y porcelana.

—Porcelana de Rosenthal, señores. Tenemos cinco artículos. Disculpen, cuatro. Los cuatro que han visto antes. Hoy es el día, señores —dijo el tasador en un tono alegre.

Cuando terminó la subasta de la porcelana, llegó el turno de diversos objetos: una lámpara decorativa rosa y azul, dos pequeños cuadros en los que se veía un perro de caza y un aristócrata, y un botellero con copas de vino. Sacaron todos los artículos amontonados en una bandeja y el tasador dijo:

—¡Con esto se pueden decorar dos habitaciones de hotel! —A continuación anunció con su áspera voz que el precio de salida del «set hotelero» era de 30.000 yenes, pero no subió ni un yen más.

—¿Qué clase de hotel se podría decorar con eso? —le preguntó Sakiko al señor Awashima, con una sonrisa burlona.

—Tendría que ser muy lujoso —le respondió él en voz baja.

Ambos hablaban en voz baja, pero sus palabras eran nítidas y claras.

—¿Cuánto dinero mueven las subastas de antigüedades japonesas? —le preguntó el señor Awashima a Sakiko.

—Por lo visto, la de la semana pasada alcanzó los sesenta millones de yenes.

—Increíble —repuso el anticuario, sin mostrar el menor entusiasmo.

El señor Nakano empezó a inclinarse hacia delante con interés.

—¿Ya es la hora? —le preguntó el señor Awashima.

—Sí, por favor —repuso el señor Nakano, con una leve inclinación de cabeza.

En una de las bandejas que habíamos examinado antes de que empezara la subasta había una botella ennegrecida por el hollín que no me pareció que tuviera ningún interés pero que, por lo visto, era la famosa botella que el señor Nakano quería obtener a toda costa.

—Todavía falta un rato —dijo Awashima, y el señor Nakano volvió a inclinar la cabeza en señal de agradecimiento. Parecía haber olvidado por completo que él también solía frecuentar las subastas y que ponía en práctica taimadas maniobras para ahorrarse la insignificante cantidad de 1.000 o incluso 500 yenes.

—¿Qué vamos a hacer? —Rio el tasador, imitando un conocido anuncio de televisión mientras levantaba uno de los artículos. Se trataba de un pisapapeles decorado con la cara de un perro carlino—. Nadie puede irse sin haber comprado este adorable cachorrito —añadió el hombre. Acto seguido, alguien ofreció 60.000 yenes. Finalmente, el pisapapeles alcanzó el precio definitivo de 150.000 yenes.

El próximo artículo era la ansiada botella de alcohol del señor Nakano. Antes de que empezara la subasta, cuando las bandejas circulaban de mesa en mesa, los dos comerciantes que estaban sentados al lado de Takeo —un hombre y una mujer— habían cogido la botella y la habían estado examinando un buen rato.

—Cambio de bandeja —ordenó el tasador.

Cuando terminó la subasta del pisapapeles y de seis objetos más, por fin llegó el turno de la botella que el señor Nakano ansiaba obtener.

—20.000 yenes —retumbó la áspera voz. El señor Nakano estaba completamente inclinado hacia delante.

El cuerpo y el cuello de la botella estaban ennegrecidos, pero la superficie irregular del fondo brillaba como un espejo y, si la acercabas a la cara, se veía el arco iris.

—Parece la superficie de una perla negra —comentó Takeo.

—Qué cosas más ingeniosas dices, Takeo —dijo el señor Awashima, mientras lo miraba sonriendo.

La botella fue adjudicada por 70.000 yenes. Tal y como había imaginado, el hombre y la mujer que estaban sentados al lado de Takeo habían pujado con insistencia, pero el señor Awashima era un comerciante mucho más experimentado y se había servido de su influencia para comprar la botella por un precio menor del esperado, según me contó el señor Nakano, con voz alterada, cuando terminó la subasta.

—Es una botella de ginebra —dijo Sakiko con voz tranquila.

—¿De ginebra? —repitió el señor Nakano, fascinado.

—Me gusta la ginebra —comentó Sakiko. Aunque lo había dicho en un tono neutro, el corazón me dio un vuelco. El señor Nakano le respondió con un gruñido.

—Así que ginebra —repitió de nuevo mientras acariciaba la caja que contenía la botella, envuelta en plástico de burbujas y en papel de periódico.

Sakiko sonreía.

—El señor Nakano parece feliz —dijo Takeo, con un deje de envidia.

Estuve a punto de responderle que sí, que parecía feliz, pero agaché la cabeza precipitadamente. No podía quitarme de la cabeza lo que me había dicho Sakiko antes de que empezara la subasta: que pensaba dejar al señor Nakano.

Levanté la vista poco a poco y me fijé en la cara de Sakiko. Ella me guiñó el ojo sin dejar de sonreír. Al cerrar el ojo derecho, la comisura derecha de su boca también se elevó. A pesar de que sonreía, tenía cara de estar llorando.

—¿Va todo bien? —le dije, moviendo solo los labios.

—Todo bien —asintió ella, también sin palabras. Luego dejó de sonreír y me guiñó el ojo de nuevo. La comisura de su boca se elevó otra vez. Aunque ya no sonreía, su cara tenía una expresión más alegre que antes.

—Que tengas suerte, Hitomi —me dijo, hablando más alto que de costumbre.

El señor Nakano la miró, sorprendido. Ella le devolvió la mirada. El señor Awashima estaba hablando con Takeo. Las mejillas de Sakiko desprendían un precioso brillo opaco parecido al de la botella de ginebra.

A mediados de febrero el señor Nakano nos anunció que iba a cerrar la tienda.

Había estado nevando a intervalos irregulares desde primera hora de la mañana.

—Más que una nevada, son cuatro copos dispersos —dijo Masayo.

Takeo salió a la calle y levantó la vista al cielo. Se quedó inmóvil delante de la tienda, mirando hacia arriba.

—Parece un cachorrito. —Rio Masayo.

El señor Nakano llegó a última hora de la tarde, cuando ya había dejado de nevar.

—Reunión urgente —dijo, en un extraño tono imperativo. Entonces me fijé en que Takeo se había quedado todo el día en la tienda a pesar de que no tenía ninguna recogida.

El señor Nakano nos dijo simplemente que iba a cerrar la tienda porque quería dedicarse a vender artículos de otra clase y, para ello, necesitaba dinero. Alquilaría temporalmente el local y seguiría vendiendo a través de la página web del señor Tokizo. Nos dijo que no podría pagarnos el finiquito, pero que aquel mes cobraríamos un cincuenta por ciento más.

Desde que había empezado el mes, el señor Nakano había adelgazado. Masayo me había dicho unos días atrás que Sakiko había roto con él, lisa y llanamente. «Todo el mundo adelgaza cuando termina una relación, ya sean jóvenes o viejos, hombres o mujeres», pensé.

—Eso es todo —dijo el señor Nakano, y así fue como terminó la reunión.

Masayo nos miraba alternativamente a Takeo y a mí. Llevaba la bufanda teñida con tintes vegetales, que se había convertido en su favorita desde que se había vuelto más coqueta. Llevaba una larga falda marrón y unos botines del mismo color.

—Hitomi —me llamó.

—¿Sí?

Hizo una mueca, como si estuviera a punto de decir algo, pero al final volvió a pronunciar mi nombre sin añadir nada más. Yo le respondí de nuevo con un «sí».

—¿Quieres llevarte el cesto de *akebia*? —dijo al fin, y se quedó callada.

Salí de la tienda con Takeo. El señor Nakano no dijo nada más. Se quedó de pie delante de la tienda al lado de Masayo, en la misma posición de siempre y con un cigarrillo apagado entre los labios, también como siempre, siguiéndonos con la mirada mientras nos íbamos. Antes de doblar la esquina, me volví y vi la borla de su gorro de lana. El que llevaba aquel día era de color marrón, como la bufanda de Masayo.

—¿Qué vas a hacer ahora? —le pregunté a Takeo, y él ladeó la cabeza sin saber qué responder.

—¿Y tú? —me preguntó al fin.

Seguimos caminando sin hablar. Sujeté con fuerza la vieja bolsa del supermercado en la que llevaba el cesto de *akebia*. Empezaron a caer algunos copos dispersos.

La pera de boxeo

En el primer momento, no supe dónde estaba.

Un débil rayo de luz se filtraba a través de la cortina. El «pi, pi, pi» del despertador que había junto a mi almohada se fue acelerando hasta convertirse en un pitido continuo. Al final, tuve que alargar la mano para apagarlo.

Aún medio adormilada, recordé que ya no vivía en mi antiguo barrio, en el piso cercano a la Prendería Nakano, sino en un apartamento aún más pequeño pero muy céntrico que se encontraba a cinco minutos andando de la estación de los ferrocarriles, en la segunda planta de un bonito edificio de fachada blanca.

Ya hacía dos años que me había mudado.

Salí de la cama despacio, puse los pies en el suelo y entré parpadeando en el cuarto de baño. Me lavé la cara y me cepillé los dientes. El tubo de la crema facial que me había puesto la noche anterior estaba abierto. Eché un vistazo a mi alrededor y me di cuenta de que el tapón triangular estaba en un rincón del lavabo. Lo cogí y lo enrosqué en la boca del tubo.

Saqué una lata de zumo de tomate de la nevera. La abrí con un chasquido y la vacié a morro. Como había olvidado agitarla, al principio solo salió un líquido aguado que de repente se espesó.

Una gota de agua cayó de mi flequillo. Cuando terminé de

tomarme el zumo, enjuagué la lata, la dejé boca abajo en el escurreplatos y contemplé mi imagen reflejada en el pequeño espejo junto a la cama. Tenía los lóbulos de las orejas enrojecidos. Me los acaricié con los dedos. Estaban fríos.

Abrí la ventana y una ráfaga de viento irrumpió en el piso. Era un aire frío y húmedo de pleno invierno. Cerré precipitadamente y me puse una camisa de manga larga, unas medias, una falda gruesa y un jersey. Saqué del estante superior del armario el abrigo beige que me había comprado dos semanas antes en el mercadillo y lo dejé encima de la cama.

Me volví de nuevo hacia el espejo, cogí un poco de base de maquillaje con el dedo y me la extendí en los pómulos, la punta de la nariz y la frente. Me había acostumbrado a subir al tren abarrotado para ir al trabajo, a mantener las distancias con las compañeras que tenían contrato fijo y a crear hojas de cálculo, pero no conseguía acostumbrarme a maquillarme cada mañana.

Cuando trabajaba en la tienda del señor Nakano, apenas era consciente de que existía algo llamado «base de maquillaje». Me limitaba a ponerme loción facial y, si me apetecía, un poco de brillo en los labios. Eso era todo.

Hacía unos tres años que la Prendería Nakano había cerrado.

Pronto haría medio año que trabajaba en una empresa de productos dietéticos de Shiba. Me habían renovado el contrato dos veces, pero no creía que lo hicieran de nuevo. Era una lástima, porque me sentía a gusto en la empresa.

Mientras me empolvaba las mejillas, hice ligeras rotaciones de hombros. Me dolía la espalda porque pasaba muchas horas sentada delante de un ordenador. Sin dejar de mover los hombros, decidí que el sábado iría al nuevo centro de masajes que habían abierto delante de la estación.

Hace unos días, después de mucho tiempo, salí a tomar algo con Masayo.

—¡No me puedo creer que seas oficinista, Hitomi! —exclamó mientras se servía una copa de sake caliente.

—No estoy en plantilla, estoy contratada a través de una empresa de trabajo temporal.

—¿Y qué diferencia hay?

Mientras se lo explicaba, ella me escuchaba asintiendo con la cabeza. Sin embargo, tuve la sensación de que pronto olvidaría lo que le estaba contando.

Por lo visto, últimamente Masayo estaba muy ocupada. Su exposición de muñecas había ganado un premio bastante prestigioso en el mundo del arte.

—Solo me han dado 50.000 yenes en metálico, pero lo importante es la reputación —me explicó, con las cejas medio elevadas.

A raíz del premio, le habían ofrecido dar un curso en el centro cultural de su barrio y tres cursillos en centros comunitarios de varias ciudades.

—Por eso estoy tan ocupada. ¡No doy abasto! —se lamentó, fumando un Seven Stars. Parecía verdaderamente angustiada.

—Siempre es bueno tener unos ingresos extra —dije, y ella se echó a reír.

—Hablas como una vieja.

—Es que lo soy...

—No exageres, ¡que acabas de cumplir los treinta!

Interrumpimos la conversación para brindar.

—¡Por la tercera edad de Hitomi! ¡Salud! —dijo Masayo, y apuró su copa de sake.

—¡No diga eso! —protesté, y vacié de un trago mi copa, donde solo quedaba una tercera parte de *shochu* con agua caliente. El líquido ardiente, mezclado con pulpa de ciruelas encurtidas, se deslizó por mi garganta.

Recuerdo perfectamente el tono de voz de Masayo cuando me llamó para decirme: «He visto que te has mudado». Fue cuando acababa de dejar mi antiguo apartamento.

—Recibí tu postal —añadió.

Había enviado postales a una decena de amigos y conocidos para informarles de mi cambio de residencia, y una de ellas iba dirigida a Masayo. Después de mucho reflexionar, había decidido no avisar a Takeo ni al señor Nakano.

—Me he gastado los pocos ahorros que tenía —le dije, y oí cómo suspiraba al otro lado de la línea. Me había dado cuenta desde el principio de que su voz sonaba muy apagada.

—Me alegro de que te hayas mudado.

—No sé si ha sido buena idea.

—Yo creo que sí.

Fue una conversación trivial, pero no pude evitar darme cuenta de que le pasaba algo. Estuvimos un rato más cotilleando y hablando del tiempo hasta que empecé a despedirme para colgar el teléfono. Entonces me dijo:

—El velatorio es esta noche, y el funeral se celebra mañana.

—¿De quién? —pregunté.

—De Maruyama.

—¿Maruyama? —repetí como un loro.

—Le ha fallado el corazón. Llevaba tres días sin saber nada de él, así que fui a su piso. Con este frío, su cuerpo estaba bastante bien. No me apetece demasiado ir porque lo ha organizado Keiko, su ex mujer. Pero es un compromiso al que no puedo faltar. Haruo me acompañará al funeral, pero no puede ir al velatorio de esta noche porque ha quedado con uno de sus clientes. ¿Te importaría ir conmigo, Hitomi? —me pidió, en un tono extremadamente dulce que me recordó al que utilizaba cada vez que intentaba convencer a un cliente de que se llevara algún artículo de dudosa calidad.

—Por supuesto —le respondí enseguida, y ella volvió a suspirar.

—Los propietarios del piso donde vivía han montado un escándalo. El pobre Maruyama nunca ha tenido suerte con sus arrendatarios —dijo, recuperando su tono habitual—. Maruyama ha muerto de verdad... —añadió a continuación, y su

voz se convirtió de nuevo en un extraño murmullo apagado—.
En fin, enhorabuena por la mudanza —concluyó abruptamente, antes de colgar el teléfono.

Sus palabras, pronunciadas con aquella extraña voz apagada, se repitieron varias veces en mi cabeza como un disco ra-
yado: «Maruyama ha muerto de verdad...».

Cuando llegué a los torniquetes de la estación donde habíamos quedado, ya me estaba esperando. Llevaba un abrigo marrón y unos botines del mismo color, y se había cubierto la
cabeza con la bufanda teñida a mano que llevaba el día en que
su hermano había cerrado la tienda.

—¿Irá al velatorio vestida así? —le pregunté sin pensar, y
ella asintió sin decir nada. La bufanda ondeó ligeramente, acom-
pañando el movimiento de su cabeza.

—Si me vistiera de duelo, parecería que hubiera previsto su
muerte. Por eso en los velatorios hay que llevar ropa de diario
—dijo, examinando mi atuendo de pies a cabeza. Yo llevaba
unas medias negras y un abrigo oscuro.

—Entonces ¿no hacía falta que me pusiera ropa formal?
—le pregunté tímidamente.

—No hacía falta —me confirmó ella sin dudar.

El velatorio tuvo lugar en la pequeña funeraria que se encontraba a un cuarto de hora andando desde la estación. Había tres velatorios al mismo tiempo, de las familias Midorigawa,
Maruyama y Akimoto, de modo que había gente entrando y
saliendo constantemente del edificio.

—Menos mal que no está vacío —comentó Masayo, poniéndose rápidamente en la cola.

Al lado del altar había un matrimonio de mediana edad,
dos chicas jóvenes y una señora de pelo canoso que debía de
ser Keiko, la ex mujer del difunto. Estaban todos sentados con
rostros impasibles. Las dos chicas llevaban el uniforme del
colegio privado del barrio.

Masayo enseguida se volvió de espaldas al altar sin dirigirle la mirada a Keiko. Mi turno llegó justo después de ella. Mientras encendía una barrita de incienso, levanté la vista y vi una fotografía de un sonriente Maruyama decorando el altar. Debía de ser antigua, porque parecía bastante joven. No tenía ni una arruga en las comisuras de la boca ni en la frente, y su rostro de perfil se veía esbelto.

—¿Vamos a tomar algo? —le propuse a Masayo cuando salimos de la funeraria, pero ella siguió andando a paso rápido sin responderme.

—Mejor que no —dijo cuando ya llevábamos cinco minutos caminando en silencio. Al principio no supe a qué se refería, pero pronto comprendí que era su respuesta.

—Se hace raro pensar que está muerto —comenté, y ella volvió a asentir sin decir nada.

Llegamos a la estación sin hablar. Compramos los billetes, y cuando me adelanté para cruzar el torniquete, oí la voz de Masayo a mis espaldas.

—Lo que más quería en el mundo —dijo. No habló susurrando, ni tampoco levantando la voz, fue como si retomara una conversación previa.

—¿Cómo? —pregunté, volviendo la cabeza.

—Lo que más quería en el mundo —repitió ella, cabizbaja.

Me volví y le miré la cara, pero no añadió nada más. Como era hora punta, fuimos arrolladas por una avalancha de gente que acababa de salir del trabajo y volvía a sus hogares.

—Nunca se lo dije —continuó Masayo, con un hilo de voz, cuando la avalancha se interrumpió. Luego me dio la espalda de repente y echó a andar.

Bajo las farolas de la calle, la bufanda de tintes vegetales que le cubría la cabeza se veía de un color aún más extraño. Masayo se alejó con la espalda recta, caminando a paso firme hacia delante.

—He aprobado el examen de segundo —anuncié.

—Hitomi... —respondió mi madre con un hilo de voz al otro lado de la línea, y no añadió nada más.

—Ya sé que no es gran cosa —proseguí, pero ella no dijo nada, y me dio la sensación de que estaba llorando.

«Siempre lo mismo», pensé, reprimiendo un suspiro.

—¿Tan preocupada estabas por mí? —le pregunté, intentando bromear un poco.

—Me alegro mucho, Hitomi —dijo en lugar de responderme, con una voz que parecía la personificación de la ternura maternal, sincera y auténtica.

El año anterior, cuando la llamé de repente después de mucho tiempo para decirle que quería estudiar en la escuela de contabilidad y que necesitaba dinero, mi madre parecía intranquila. Aun así, enseguida me hizo una transferencia a mi cuenta corriente. Me entristeció un poco comprobar que había añadido 150.000 yenes a la suma que yo le había indicado. No me molestaba que estuviera preocupada por mí, más bien me sentía como si me hubiera hecho volver a la realidad recordándome lo dura que era la vida. Debería haberme sentido agradecida, pero tenía la sensación de que mi agradecimiento sería inútil. Desde que la Prendería Nakano había cerrado, todo lo que hacía me parecía vano.

«Quiero presentarme al examen de primero», le había explicado a mi madre, haciendo un esfuerzo para animarla un poco. «Eres maravillosa, Hitomi. Estaba convencida de que seguirías estudiando».

Aunque ella no me lo dijo, pude imaginarme claramente las caras de mi padre y de mi hermano mayor diciendo: «Hitomi no sirve para estudiar en una escuela de contabilidad, se cansará y lo dejará».

De repente, tuve muchas ganas de ver a Masayo. Cuando mi madre colgó el teléfono, la llamé inmediatamente.

—¿Quiere que vayamos a tomar algo? —le propuse sin preámbulos, a pesar de que no habíamos vuelto a hablar desde el velatorio del señor Maruyama, y de eso hacía ya dos años.

—De acuerdo —repuso ella sin sorprenderse.

Así fue como salimos las dos juntas.

Masayo estaba un poco borracha.

—¿Cómo está el señor Nakano? —le pregunté. No me había atrevido a preguntárselo hasta entonces porque me daba miedo su respuesta.

—Está muy bien —repuso ella enseguida.

—¿Sigue vendiendo a través de Internet?

—Ya no depende del señor Tokizo, ahora tiene su propia página. —Luego gritó—: ¡Dos de sake! No hace falta que lo calientes, tráelo frío. ¡Y date prisa! —dijo, encadenando una rápida sucesión de instrucciones.

El camarero le respondió con un gruñido que no dejaba claro si lo había entendido.

—Se parece un poco a Take, ¿verdad? —dijo Masayo, abanicándose con el menú.

—¡Cuántos recuerdos me trae ese apodo! —comenté, y ella me miró fijamente.

—¿Tú y Take estabais...? Ya me entiendes.

—¿Que si estábamos qué? ¿A qué se refiere?

—¿A qué me refiero? Ya sabes —dijo Masayo, intentando imitar la forma de hablar de Takeo sin demasiado éxito—. Bueno, como te estaba diciendo, Haruo ha ganado mucho dinero con las subastas y le han concedido un préstamo para pequeñas y medianas empresas.

Masayo cogió la botella de sake frío, que nos habían traído antes de lo esperado, y llenó las copas de cerveza. La espuma acumulada en el fondo de las copas quedó flotando en la superficie viscosa del sake.

—¿No le parece demasiado precipitado? —le pregunté.

—Hitomi, ¡cómo se nota que has aprobado el segundo nivel de contabilidad! —se burló ella, agitando la mano para darme a entender que le parecía muy gracioso.

Gracias al préstamo y a los beneficios, el señor Nakano por fin había podido alquilar un local en Nishiogi para abrir una tienda de antigüedades occidentales.

—¡Esto es increíble! —exclamé. Masayo me miró con una amarga sonrisa.

—Bueno…, con Haruo, nunca se sabe.

Brindamos otra vez. Luego pedimos dos tapas más y otra copa para cada una, y la noche fue avanzando.

Cuando nos avisaron de que era la hora de cerrar, salimos del local. Yo también había bebido demasiado.

—¿Has vuelto a ver a Take? —me preguntó Masayo en un tono de voz bastante elevado.

—¡No hace falta que grite, ya la oigo! —le respondí a gritos.

—¿No os habéis visto más, entonces? —insistió ella, con una expresión entre divertida y enfadada. Alrededor del cuello llevaba la bufanda de siempre.

—No, no hemos vuelto a vernos —repuse secamente.

—Ya —dijo ella, un poco decepcionada—. Me pregunto cómo estará. Espero que todo le vaya bien y que no haya muerto tirado en mitad de la calle —añadió, frunciendo las cejas.

—No sea agorera —dije rápidamente, y ella se echó a reír a carcajadas.

—¿Lo ves, Hitomi? Hablas como una vieja.

—Porque soy vieja, ya se lo he dicho.

—Las viejas de verdad nunca reconocen que lo son.

—Por cierto, Masayo, la veo un poco más rellenita.

—Tienes razón. Cuando tengo mucho trabajo, siempre engordo.

—Seguro que solo come tartas de Poesie.

—Por cierto, ¿sabías que los dueños de Poesie se han jubilado y le han traspasado el negocio a su hijo? Ya no es lo que era, ahora solo venden tartas pretenciosas con nombres larguísimos.

Mientras escuchaba a Masayo hablándome sobre el traspaso de la pastelería, las rodillas me flaquearon de repente. Intenté evocar el rostro de Takeo, pero no lo conseguí. Lo único que me venía a la memoria, con una nitidez lacerante, era el dedo amputado de su mano derecha.

Me fui corriendo con la excusa de que estaba a punto de perder el último tren. «¡Adiós», me dijo Masayo, con voz pastosa. Pronto me quedé sin aliento, pero seguí corriendo.

Lo que más quiero en el mundo. Sin dejar de correr, pensaba que nunca le había dicho esas palabras a nadie ni había tenido la intención de hacerlo. Aunque todavía faltaba un rato para que pasara el último tren, seguí corriendo hasta la estación sin detenerme.

Al mes siguiente, se me terminó el contrato. Mis compañeras de trabajo me regalaron un ramo de flores. Era la primera vez que me regalaban flores, así que me emocioné.

—¿Dónde vas a trabajar ahora? —me preguntó Sasaki, una chica un poco más joven que yo.

—Creo que en una empresa relacionada con la informática.

—¿Crees? ¡Tú siempre a tu ritmo, Suganuma! —Rio Sasaki.

«A mi ritmo», repetí para mis adentros mientras caminaba por la calle con el ramo en la mano. Había pasado ocho meses trabajando con aquellas chicas. Había conocido a gente pérfida, gente amable, gente escrupulosa y gente peculiar. Y yo era la que iba «a mi ritmo».

Todo el mundo deja entrever facetas de su carácter, pero nadie se abre por completo.

No pude evitar pensar en la Prendería Nakano.

El ramo no cabía en el florero. Tuve que llenar de agua un tarro vacío de mayonesa para meter las flores que habían sobrado. La semana siguiente empezaría a trabajar en otra empresa. «Mañana iré al centro de masajes», pensé. Mientras tanto, abrí el cajón para sacar el sobre que contenía la información sobre mi nuevo puesto de trabajo, y una hoja cayó al suelo.

Era el dibujo de la maja vestida que Takeo había hecho tiempo atrás.

«¡Aquí estaba!», susurré, recogiendo la hoja. Yo llevaba unos vaqueros y una camiseta de manga corta. Estaba tumbada con una expresión muy seria. Era un buen dibujo. Me di cuenta de que Takeo tenía mucho más talento de lo que creía antes.

¿Y si hubiera muerto tirado en mitad de la calle?

Al imaginarme a Takeo muerto como un perro callejero, pensé que era lo que se merecía. Pero esa sensación pronto se esfumó y me dio rabia haberme sentido así. Pensé que la vida era un auténtico fastidio. No quería volver a enamorarme. «Debería tratarme el dolor de espalda. A ver si este mes puedo ahorrar un poco». Los pensamientos surgían en mi mente como pequeñas burbujas.

Las flores del jarrón parecían artificiales. En cambio, las que había metido en el tarro vacío de mayonesa tenían un aspecto más natural.

Volví a guardar el dibujo bajo el sobre. ¿En una empresa de informática habría más ordenadores que en otras empresas? Los ordenadores eran cuadrados. Los microondas también. La estufa de petróleo que utilizamos durante el último invierno en la Prendería Nakano también era cuadrada. Mientras una retahíla de pensamientos inconexos burbujeaba en mi cerebro, me quité las medias y las enrollé.

En vez de decirme: «Esta será su mesa, señorita Suganuma», me dijeron: «Este será su ordenador, señorita Suganuma». Me pareció una forma de hablar muy adecuada en una empresa de informática.

Aunque hablaran de forma distinta y la empresa fuera mucho más pequeña que la compañía de productos dietéticos en la que había estado trabajando hasta entonces, mi trabajo no varió demasiado. Hacía fotocopias y encargos, preparaba documentos y archivaba facturas. Al tercer día ya me había adaptado por completo, y me sentía como si aún estuviera trabajando en el puesto anterior. Supongo que el motivo de mi rápida adaptación fue que las chicas de la nueva oficina no salían a comer en grupo. Aquello era agotador.

En la nueva empresa, los trabajadores, tanto hombres como mujeres, comían en sus mesas, delante del ordenador. De vez en cuando se oía alguna exclamación. Curiosamente los hombres tenían una voz más aguda y las mujeres más grave.

Entraba y salía del trabajo puntualmente. Había mucha gente que entraba a trabajar por la tarde, cuando yo ya me había ido. Cuando llegaba por la mañana, a veces me encontraba algunos de los trabajadores pelando un huevo cocido del supermercado después de haber trabajado toda la noche.

Cuando ya llevaba unos diez días en la nueva empresa, me encontré casualmente con Takeo en el pasillo.

—¡Hitomi! —exclamó en un tono natural, como si nos viéramos todos los días. A mí se me cortó la respiración—. ¿Qué te pasa?

—¿Que qué me pasa? ¡Eso quisiera preguntarte yo! —acerté a responder al fin.

Me quedé petrificada en mitad del pasillo. Takeo llevaba en las manos unos archivadores muy bonitos de color naranja, amarillo, lila claro y verde.

—Llevas maquillaje —dijo Takeo, en el mismo tono atontado que utilizaba antes.

—¿Cómo?

Al oír su voz, reaccioné automáticamente como solía hacerlo en los tiempos de la Prendería Nakano.

Estuvimos un rato plantados en mitad del pasillo.

Más adelante, recibí una invitación para asistir a la inauguración de la renovada Prendería Nakano.

—Típico del señor Nakano. ¡Parece mentira! —dijo Takeo cuando le enseñé la invitación que había llegado a mi casa. La inauguración estaba prevista para el primero de abril.

La tienda ya no se llamaría Prendería Nakano, sino Nakano a secas.

—Suena a nombre de bar de tapas —opinó Masayo.

Cuando nos encontramos casualmente en el pasillo, Takeo me dio enseguida su tarjeta de visita y yo leí con voz monótona el cargo que ocupaba.

—Diseñador de páginas web.

—¡No lo leas en voz alta! —dijo él, inquieto, y estuvo a punto de tirar los archivadores al suelo.

—¿De verdad eres Takeo? —le pregunté.

—Claro que soy yo —me respondió, atónito.

—No, tú no eres Takeo.

—¿Por qué dices eso?

—Porque el Takeo de verdad no hablaba en ese tono tan educado.

—Es que estoy en el trabajo.

Nada más responderme, dos de los archivadores resbalaron de sus manos. Los dos nos agachamos a la vez para recogerlos y noté su aliento en mi hombro.

—Esto parece una telecomedia cutre —se quejó mientras recogía los archivadores.

Tenía la espalda mucho más ancha que antes. «Este no es Takeo», pensé. Él se fue enseguida. Por lo visto, su ordenador —que no su mesa— se encontraba en el despacho del otro lado del pasillo.

Después de nuestro inesperado encuentro, pasé una semana sin tener noticias suyas. Al fin y al cabo, no era más que un viejo conocido.

Yo salía del trabajo a la misma hora. Durante las clases en la escuela de contabilidad recordaba la cara de Takeo el día que nos encontramos. No tenía nada que ver con la cara que me había acostumbrado a ver día tras día en la tienda del señor Nakano.

Cuando le pregunté dónde había aprendido a diseñar páginas web, él me respondió que había estudiado en una escuela especializada.

A lo mejor no era él.

Cuantos más días pasaban, más convencida estaba de que no lo era. Había oído decir que las células del cuerpo humano se renovaban por completo cada tres años. Tenía el mismo nombre y su aspecto físico parecía el de él, pero quizá se había transformado en una persona completamente distinta.

Al cabo de unos diez días, cuando Takeo apareció delante de mi ordenador justo antes de que saliera del trabajo, lo confundí con un desconocido.

—Buenas tardes —le dije al desconocido.

—Hola. Esto..., perdona por lo del otro día —respondió él. En ese preciso instante, el desconocido volvió a convertirse en Takeo.

—Ya hace mucho —dije, y levanté la vista para observarlo de reojo.

Sus facciones se habían endurecido y la barba se le había oscurecido un poco. Levantó brevemente las comisuras de la boca en una tímida sonrisa.

—Llevas maquillaje, ¿verdad? —susurró.

—Sí, llevo maquillaje —le respondí, con una sonrisa idéntica a la suya.

El primero de abril era sábado.

Takeo y yo habíamos salido a cenar juntos dos veces. «Tengo una entrega muy pronto y debería volver al trabajo —me dijo, mientras yo lo escuchaba sin salir de mi asombro—. Me encantaría tomar una copa contigo, pero preferiría hacerlo otro día con más calma».

—¿Una entrega? ¿Eso te dijo Take? —exclamó Masayo cuando se lo conté, soltando una estruendosa carcajada.

Aunque la tienda Nakano era aún más pequeña que la Prendería Nakano, parecía más espaciosa.

—Por fin he comprendido la belleza de los espacios vacíos —dijo el señor Nakano.

Las paredes estaban llenas de estantes donde los artículos se exponían alineados uno al lado del otro, pero con amplios espacios vacíos en medio. Los objetos abarcaban un periodo comprendido entre los siglos XIX y XX, y procedían de países como Holanda, Bélgica e Inglaterra. Había utensilios de cocina, artículos de cristal y algunos muebles.

—Parece una de esas tiendas que salen en las revistas —comenté.

—Es mucho mejor que las tiendas de las revistas —dijo el señor Nakano, corrigiendo la inclinación de su gorro de lana negro.

—¿Cuánto te va a durar esta tienda? —le preguntó Masayo.

—No lo sé. ¿Medio año, quizá? —especuló el señor Nakano, sonriendo. Ambos seguían siendo dos auténticos personajes.

El día de la inauguración vino mucha gente. Entraron algunos clientes de paso, pero también vinieron viejos conocidos de la Prendería Nakano. Por la mañana apareció don Grulla, que echó un vistazo alrededor de la tienda.

—A mí esta clase de tiendas me ponen nervioso, pero no está del todo mal —dijo, echándose a reír con sus carcajadas que parecían ataques de tos.

Se tomó dos tazas de té que le sirvió Masayo y se fue con paso vacilante.

Tadokoro vino a primera hora de la tarde. Recorrió la tienda con la mirada, como si la estuviera lamiendo, y luego degustó lentamente el té de Masayo.

—¡Esto sí que es un negocio con clase! —comentó.

—Los objetos de cristal están de oferta —dijo Masayo, frunciendo los labios para simular una elegancia forzada. Tadokoro meneó la cabeza.

—Este no es lugar para pobres —dijo en su habitual tono reposado.

Tadokoro se quedó unas dos horas en la tienda, observando el constante ir y venir de la gente sin dejar de sonreír.

—¿Volverás a trabajar aquí, Hitomi? —me preguntó mientras yo le servía ostentosamente la quinta taza de té, que apenas tenía color.

—No —le respondí fríamente, y él se levantó riendo.

—No le tengas tanta manía a un viejo que ya tiene un pie en el cementerio —dijo cuando ya se iba.

El señor Awashima apareció por la tarde.

—Está muy bien —dijo simplemente, tras echar un breve vistazo. Debía de estar muy ocupado, porque se fue sin haber probado el té.

La tía Michi y el antiguo dueño de la pastelería Poesie llegaron juntos. Le dieron al señor Nakano un paquete atado con unos cordones rojos y blancos —los colores de la suerte— en el que se leía la palabra «Enhorabuena», inspeccionaron tímidamente el local y se fueron enseguida.

Al atardecer, cuando el flujo de gente se interrumpió, vino un hombre que me sonaba mucho pero que no recordaba dónde había visto.

—¿Quién es? —preguntó Masayo en un susurro.

—¿Quién es? —susurró también el señor Nakano.

—Hitomi, tú que eres joven y tienes buena memoria, ¿te acuerdas de él? —me preguntaron discretamente.

Tenía su nombre en la punta de la lengua, pero no conseguía recordarlo.

—Veo que es una tienda de antigüedades occidentales —observó el hombre con una sonrisa.

—¿Se dedica usted al mismo negocio? —inquirió el señor Nakano, aparentando indiferencia.

—No, en absoluto.

La conversación languideció, y el silencio se apoderó del local mientras el hombre probaba el té que Masayo le había servido. Cuando terminó de beber, se levantó y dio una segunda vuelta alrededor de la tienda.

—Me gusta mucho —comentó antes de irse.

No fue hasta una hora más tarde cuando por fin caí en la cuenta de que aquel hombre era Hagiwara, el joven que nos había traído un cuenco coreano de porcelana de verdeceledón para que se lo guardáramos en la tienda.

—Es el hombre al que su ex novia le había echado una maldición —dije.

Mientras recordábamos el episodio, hablando entre gritos y exclamaciones, la puerta se abrió lentamente.

El señor Nakano levantó la cabeza y dio un respingo. Unos segundos más tarde Masayo y yo también levantamos la cabeza a la vez.

Era Sakiko.

—Hola —dijo dulcemente.

—Hola —la saludó el señor Nakano, un poco cohibido pero con la voz firme.

Sakiko estuvo un rato callada, mirando al señor Nakano. Masayo tiró de mi manga y me llevó al pequeño cuartito del fondo donde se encontraban los fogones y el fregadero.

—La dueña de Asukado sigue tan guapa como siempre —comentó Masayo mientras hervía un poco de agua.

—¿No le parece incluso más femenina que antes? —observé, y ella asintió vigorosamente.

—¿Tú también te has dado cuenta?

Observé al señor Nakano y a Sakiko a través de una grieta y vi que hablaban de forma cordial y amistosa, como dos adultos, a pesar de la relación que habían mantenido en tiempos de la Prendería Nakano.

Sakiko se fue media hora más tarde. El señor Nakano la acompañó a la calle.

—Ha sido un detalle que haya venido —le dije al señor Nakano en cuanto se hubo ido. Él exhaló un suspiro.

—Es una mujer fabulosa —susurró con admiración—. Fue una lástima lo que pasó.

—¿Por qué no os reconciliáis? —le sugirió Masayo.

—No creo que quiera —gruñó su hermano.

El leve rastro del perfume de sándalo de Sakiko quedó flotando en el ambiente.

A las siete, cuando salí a la calle dispuesta a cerrar la tienda, vi una silueta que se acercaba caminando. Aunque ya era casi de noche, enseguida reconocí a Takeo. Él también debió de reconocerme, porque apretó el paso. Cuando agité la mano para saludarlo, se echó a correr.

—¿Ya habéis cerrado? —me preguntó.

—Estamos a punto —le dije, y él observó el interior de la tienda a través del escaparate.

Aunque había venido corriendo, ni siquiera jadeaba.

—Estás en forma —observé, y él se echó a reír—. Además, te veo más musculoso que antes.

—¿En serio? —dijo, riendo de nuevo—. Es que voy al gimnasio desde que empecé a trabajar.

—¿Al gimnasio? —repetí, sorprendida. Por mucho que lo intentara, no conseguía hacer encajar las palabras *Takeo* y *gimnasio*. Sin embargo, si se había convertido en diseñador de páginas web sin que yo lo supiera, no era tan extraño imaginar que se había apuntado a un gimnasio.

—Me gusta la pera de boxeo —dijo.

—¿La pera de boxeo? —repetí de nuevo.

—Sí, ese aparato que utilizan los boxeadores para entrenar. Cuando le das con los puños, ¡pam, pum!, rebota en todas direcciones, pero enseguida vuelve al punto de origen.

—Ya —asentí.

«Pam, pum». Mientras escuchaba la explicación de Takeo, observaba distraídamente la nuez de su cuello, que se perfilaba en la penumbra.

—¡Pero si es Take! —exclamó Masayo, abriendo la puerta. El señor Nakano salió tras ella.

—¡Te has hecho todo un hombre! —lo elogió el señor Nakano.

—Tienes el aspecto de un héroe que vuelve a su patria lleno de honores —añadió Masayo. Takeo se rascó la cabeza.

Entramos en la tienda los cuatro juntos. El señor Nakano bajó la persiana mientras Takeo inspeccionaba el local con la expresión atontada de siempre.

Como solo había dos sillas, traje una plegable y una silla antigua que estaba en venta. El señor Nakano descorchó una botella de vino y lo sirvió en tazones.

—Llevaba mucho tiempo sin beber alcohol —dijo Takeo.

—¿Por culpa de las fechas de entrega? —le preguntó Masayo en tono burlón.

—Es que acabo de entrar en la empresa y soy el último mono —se justificó él, rascándose la cabeza de nuevo.

Nos acabamos la botella entre los cuatro, a palo seco.

—Nunca había bebido vino en la Prendería Nakano —comentó Takeo, con las mejillas sonrojadas.

El señor Nakano descorchó la segunda botella.

—Pues esto es vino, ¡y del bueno! —fanfarroneó.

Masayo revolvió en su bolso, sacó una bolsa de galletitas saladas hechas añicos y vertió el contenido en un plato de cartón.

La segunda botella desapareció enseguida.

El señor Nakano fue el primero en rendirse. Cayó desplomado encima de la mesa y empezó a roncar. Al cabo de un rato, Masayo también se quedó dormida. Takeo bostezaba de vez en cuando.

—¿Entregaste el proyecto a tiempo? —le pregunté, y él movió la cabeza de arriba abajo—. Cuántos recuerdos me trae la Prendería Nakano —comenté. Takeo volvió a asentir—. ¿Te ha ido todo bien desde entonces? —quise saber, y él asintió de nuevo—. Estamos los cuatro juntos, como antes —añadí. En vez de mover la cabeza, Takeo abrió la boca, pero no dijo nada.

Estuvimos un rato sin hablar.

—Lo siento —dijo entonces en voz baja.

—¿Por?

—Me porté muy mal contigo. Lo siento —repitió, cabizbajo.

—No. Fui yo quien se portó como una cría.

—Yo también.

Ambos estuvimos cabizbajos durante un rato.

Quizá debido a los efectos del alcohol, tenía las emociones a flor de piel. Rompí a llorar en silencio, con la cabeza gacha. Una vez hube empezado, las lágrimas fluyeron sin parar.

—Perdóname —insistió él.

—Estaba muy triste —le respondí. Él me rodeó los hombros con el brazo y me estrechó suavemente.

El señor Nakano permaneció inmóvil. Miré a Masayo y la sorprendí espiándonos con los párpados entreabiertos. Cuando nuestras miradas se cruzaron, cerró los ojos precipitadamente y fingió que seguía durmiendo.

—Masayo —la llamé. Entonces ella abrió los ojos y me sacó la lengua. Takeo se apartó de mí lentamente.

—No te detengas, abrázala —le dijo Masayo, farfullando por culpa del alcohol y empujando a Takeo con el dedo índice—. Abrázala —repitió.

El señor Nakano también se despertó súbitamente y se unió a las súplicas de su hermana. Vacié de un trago mi tazón, en el que todavía quedaba un poco de vino. Nos quedamos mirando y nos echamos a reír los cuatro a la vez. El vino me subió de nuevo a la cabeza y me sentí ligera como una pluma. Miré a Takeo, que me devolvió la mirada.

—La Prendería Nakano ya no existe —dije, y los demás asintieron.

—Pero la Prendería Nakano es inmortal —murmuró el

señor Nakano, incorporándose. Como si fuera una señal, empezamos a hablar los cuatro a la vez y no había forma de saber quién había dicho qué. Pronto ni siquiera supimos de qué estábamos hablando, y entonces miré a Takeo otra vez. Él me estaba mirando sin decir nada.

«Por primera vez me he enamorado de Takeo de verdad», pensé en un rincón de mi cerebro.

La botella de vino recién descorchada chocó con el borde de mi taza, que tintineó nítidamente.

Índice

Un sobre cuadrado del número dos . . . . , ...   7
El pisapapeles   26
El autobús   41
El abrecartas   56
Un perro grande   76
Celuloide   95
La máquina de coser 110
El vestido 127
El cuenco 145
Las manzanas 164
Ginebra 182
La pera de boxeo 200